ウツ妻さん

早川いくを

亜紀書房

ウツ妻さん

もくじ

イラストレーション　早川いくを

ブックデザイン　鈴木成一デザイン室

第一章

鉄塔がこわい

瓦解するマイホーム

おそらく何かのまちがいなのだろう。私の書いた本が売れた。

それまでは、「建築家さんにおうちを建ててもらう」という妻の願望は、「いつか王子さまが迎えにくるの」といった、少女の夢想とさして変わらぬものだった。

だが、突如転がりこんできた**印税収入**により、それはにわかに現実味を帯びはじめ、目の前で腰をくねらせはじめた。

お庭、広いベランダ、大きな犬を抱きしめてリビングで昼寝。妻トトコの鼻息は、俄然、荒くなった。アパートの部屋には、「何とかホーム」やら「かんとかハウジング」といった建築雑誌が小山のように積み重なった。

トトコは不動産屋を見かけると必ず足を止め、目を皿にして物件を漁った。もちろん「大改造!!　劇的ビフォーアフター」と「渡辺篤史の建もの探訪」のチェックも欠

かさない。

嗚呼、これまでの人生の中で、私は総額にしてどれくらいの家賃を払ってきたのだろう。考えたくもない。「住む」という当たり前の行為のために、人はなぜ他人に金を払わなければならぬのだろうか。世の中は根底からまちがっている。

しかし私は注文建築などというものにこだわりはない。家賃などという不当な搾取と縁切りできれば、それで十分だ。

「別に普通の建て売りでもいいじゃないか」

「だめよ。アタシの一生の夢なんだから、こんな機会は二度とないんだから！」

トトコは私の意見を言下に否定した。

「慎重に選ばなきゃ。絶対に後悔しないように」

トトコの土地選びは「女の買い物」であった。お買い得物件があると聞けばそそくさと出かけ、折って畳んで裏返し、穴のあくほど吟味したあげく「**なんかピンとこない**」と言ってプイと横を向いてしまう。

「絶対に失敗したくないから。人生に一度きりのことだから」

現実となったあこがれの注文建築。トトコの夢はふくらむと同時に、その鑑定眼は日増しに鋭くなっていった。ある時などは、不動産屋に色よい返事をしておきながら、土壇場でダメ出ししたこともあった。「**隣家の障子が破れている**」というのが理由であった。

「いい物件なんですがね……奥さんは何がそんなに気に入らないんでしょうね」

不動産屋のおやじは私にそっと呟いた。

数々の不動産屋を見限り、トトコはインターネットで土地を見つけた。好条件に思われた。道ばたに樹木が茂り、畑が連なる郊外の住宅地には、懐かしい昭和の風情が漂っていた。

「ここなら失敗はないかも……!」

トトコは、土地の見取り図を見つめながら、昂奮をおさえきれない様子だった。

気に入ったと言うと、不動産屋が飛んできた。権利、道路、建ぺい率、環境、問題もすべてクリアした。購入を断念する理由はどこにもないように思われた。建築家の先生も太鼓判を押してくれた。

とんとん拍子に事は進んだ。不動産屋で仮契約をすませ、手付けを払った。ほっとして居酒屋の暖簾をくぐった。祝杯のつもりだったが、トトコは浮かない顔だった。

「どうしてこんな日に契約したの」暗い調子で彼女は言った。

「今日仏滅《ぶつめつ》じゃない」

鉄塔がこわい

「あの土地、やっぱりやめたい」

ある日、トトコが暗い顔で言った。私は箸を止めた。眉間にしわが寄るのが自分でもわかる。

「近くに電線の鉄塔があったでしょ。あれすっごい**電磁波**が出てるんだって。お腹に穴が開くって。障害のある子が生まれるって」

「ばかな！」卵焼きに箸を突き立てて、私は言った。

今度は電磁波か！

電磁波が人体に与える影響は、科学的に立証されたわけではない。なるほど警戒すべきはたしかかもしれない。

だが鉄塔は、土地からは離れている。町中の小さな鉄塔が危険とも思えない。そしてそれより何より、もう手付け金を払っているのだ。**ひゃくまんえん**も払ってしまっているのだ。

トトコはネットで、電磁波に関するサイトを片っ端から見始めた。

発熱、嘔吐、水疱、白内障、小児性白血病、そして発ガン性。ネットには、電磁波の悪影響についての情報があふれていた。トトコは見る間に青ざめていった。

私は理科の教師のように言った。

「あのネトトコ君、電磁波の強さっていうのは、電力

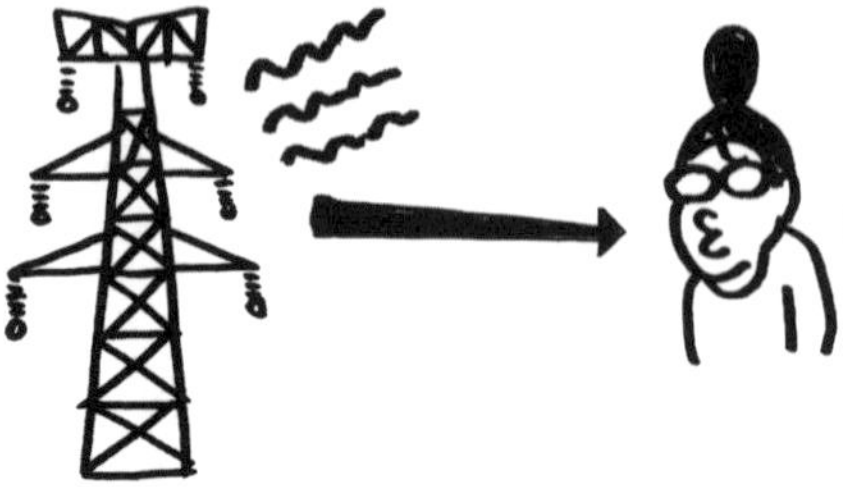
元は強いが遠ければ小さい

元は弱いが近ければ大きい

と距離に反比例するわけ。つまり強い電磁波でも遠距離なら弱まるし、逆に弱い電磁波でも近距離だったら強くなるわけ。つまり電磁波を気にするなら、遠く離れた鉄塔より、パソコンやドライヤーの方が危険なわけだ」

「ガンや白血病になるって。赤ちゃんが生まれたら脳腫瘍になるって」

「ネット情報を丸呑みにしちゃあダメだよ。電磁波の強さというのは電力と距離に反比例するのであり、すなわち……」

「あの土地やっぱりやめる。お金返してもらってきて」

「そんなことができるか！」私はにわかに激昂し、湯飲みを乱暴に置いた。

「もう契約書にハンコ押したんぞ。建築事務所でもすでに仮設計を始めてるんだし！」

「じゃあ、東京電力呼んで電磁波調べてもらう。変な結果が出たら絶対やめる」

トトコは本気だった。東京電力を呼んで電磁波の測定をしてもらった。

結果は〇・五ミリガウス。虫一匹殺せぬ値だ。私はカンラカラカラと笑った。

トトコは真顔で言った。

「東京電力はウソついてんのよ」

お茶ぶっかけDV

「電力会社が自分に不利なことというわけないじゃない。事故とかあってもすぐ隠すじゃない。あたし自分で測定する」

トトコはネットで電磁波測定器を購入した。小型ラジオほどの大きさで、使い方は簡単だ。私は試しに電子レンジを測定してみた。赤ランプが点滅し、針が大きく振れた。

測定器で土地を測ると、測定値はやっぱり〇・五ミリガウスであった。

「機械、壊れてない？　これ香港製って書いてあるんだけど」

テストのため自宅近くの鉄塔に行ってみた。フェンスを乗り越え鉄塔に思い切り近づいて測ってみる。赤ランプが点灯

した。なるほど装置に問題はない。だがトトコは頭を抱えた。

「ああ、やっぱり電磁波だ！　鉄塔は危ないんだ！」

「……おいおい、測定器のテストをしただけだよ。買った土地の電磁波は〇・五ミリガウスだったろ」

「一生に一度のことなのに失敗した……もう取り返しがつかない……人生終わりだ……」その日以来トトコは毎日、暗い顔をして呟いた。

「あんな土地どうして買ったのよ」「電磁波で体に穴があく」「あれほどやめようっていったのに強引に決められた」トトコは毎日くり返した。私のイラだちもつのっていった。

「**鉄塔こわい。ほんとこわい**」トトコは町で鉄塔を見かけると、そう言って目を伏せた。

「なんであんな鉄塔の土地買ったの。あたしあれだけ反対したのに、何で買ったのよ」

「君が見つけてきた土地だろう！」

「住めない。鉄塔の土地なんて住めない。絶対に」

「土地の電磁波は問題なかったろうが！」

「なんで、あたしの意見を無視して勝手に……」

「いいかげんにしないか！」

私はついに逆上し、吉田茂よろしくトトコに飲みさしの茶をぶっかけた。

「信じらんない、暴力よ暴力！　土地も、わたしの言うこと全然、聞かずに勝手に決めて……」


夫はDVだ。トトコは毎日泣いた。

電磁波の土地を買わされた。もう取り返しがつかない。人生終わりだ。**それに**

母の助言

「きっと仕事で疲れてるのね……じゃあ、こっちに連れてきてください。ごはんでも食べよってことで……あたしの方から話してみますから」

困り果てた私は、ことの次第を義母に打ち明けた。私はいぶかるトトコを連れだした。実家は電車で一時間ほどの距離にある。

「トトコは疲れてるのよ……フリーでひとりで仕事をやってるわけでしょ。忙しい上に土地探しも大変だったじゃない。神経が休まってないのよ」

食事をしながら、義母はトトコに語りかけた。トトコはデザインの仕事をしている。フリーランスになって二年、トトコは仕事を律儀にこなしていた。出来もよくクライアントから信頼も寄せられ、仕事も増え始めた。が、見ているほうが疲れるような仕事ぶりだった。

「眠れてない？　やっぱり……じゃあ心療内科へ行って、安定剤をもらいなさい。それで二、三日ゆっくり休んでごらん」

「あたしやっぱり忙しくて疲れてたのかなあ」トトコは存外素直に聞いていた。

「そうよ、ちょっと神経が過敏になっちゃってんのよ、鉄塔を怖がるなんて」

「ううん、たしかにちょっと神経質なとこはあったかも」

「鉄塔がこわいなんて、ねえ」

「そうねえ、鉄塔なんて、あたし何言ってたんだろ」

「あははは」

「あははは」

皆が笑った。絵に描いたような家族団らんの図だ。解決した、と私は思った。来週あたり、その心療内科とやらに連れてって、薬をもらえばもう安心だ。

「今日、実家行ってよかったー。あたしやっぱり疲れてたんだよね、鉄塔なんて気にしちゃって」

帰りの電車でトトコはそう言った。私は仏の眼差しで頷いた。その夜は、安心して床についた。

ひっく、ひっく、としゃくりあげる声に、ぎょっとして飛び起きた。

明け方だった。トトコが顔を覆って泣いている。肩が震えていた。

「どうした、オイどうした」思わず肩を揺すると、トトコは泣きながら言った。

「鉄塔が、こわい」

私は慄然とした。

病気と聞いて一安心

「奥さんは典型的なうつ病ですよ」

医師は歳のころなら四十代半ば、穏やかな話し方をする、ちょっと太めの男性であった。

トトコのただならぬ様子に、すぐさま診察が必要だと感じた。来週などとは言っていられない。夜も明けきらぬうちから、私は病院を探した。だが今日は土曜日、どこも開いていない。

ようやく隣町に心療内科クリニックを見つけた頃には、日は高々と昇っていた。ひきずるようにして、トトコを連れて行った。待合室は洒落た内装で、ミニスカの女の子やサングラスの青年がソファーで雑誌を読んでいる。若者ばかりだ。言われなければ、ここが診療所だとは思えない。

こちらの話が終わると、医師は「うつ病」の説明を始めた。この人は何を勘違いしたのだろう？　こちらの説明がまずかったのか？　最初はそう思った。

だが勘違いでもまちがいでもなかった。**奥さんはうつ病です。**

私は安堵した。

おかしいと思われるかもしれない。しかしトトコは気がおかしくなったわけでも、精神に変調をきたしたわけでもない。病気だったのだ。つまり一時的な現象なのだ。しかも「軽め」という診断である。

病気なら薬飲んでりゃ治るんだろう。私はそんな風に考えていた。それが大まちがいであることは後にいやというほど思い知ることになる。しかし、その時はそれより気になる問題があった。

土地をどうするのだ？

発症の引き金となった土地である。購入をやめるべきか。それとも買っておいて、治癒を待つべきなのだろうか。

この問題に極度にナーバスになっているトトコの前で、そん

な話はできない。「鉄塔」とか「土地」という言葉が出るだけでおびえるのだ。私は内密に医師に相談しようと思い、診療所に電話した。

「**個人情報保護の義務**がありますので、患者さんご本人の許可が必要です」受付嬢は言った。私は笑って言った。

「ああいや、説明が足らずにすみません、私は第三者じゃありません、夫です。そちらでお世話になってる患者の家族なんですよ」

「個人情報の問題がありますので、ご本人さまの許諾が必要です」受付嬢は同じことを言った。

「……いやいや、わたしはつまり家族でして、えーと本人を刺激したくないので、内密にご相談したいというだけの話なんですがね。要するに土地の購入が……」

「個人情報保護の義務がありますので」

大魔神の表情で私は電話を切った。癇癪が起きそうであっ

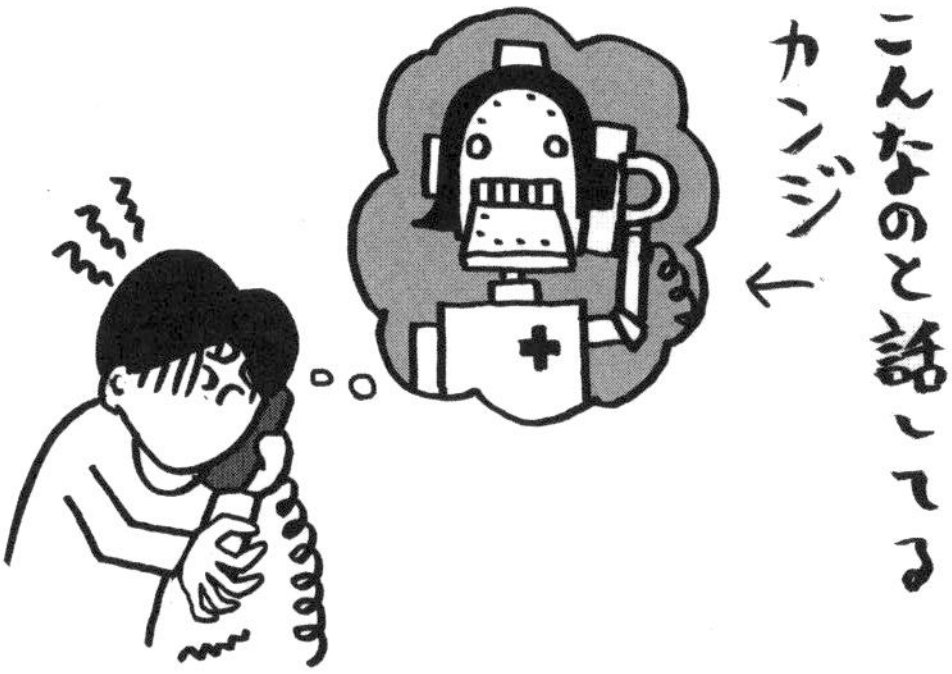

こんなのと話してるカンジ←

た。極力、会話に土地にまつわる話題が出ないように神経を使っているぐらいなのだ。「土地購入について医師に相談したい」などといったら、本人は取り乱すに決まっている。

契約の期限は近づいてきている。買ってしまえば病気が悪化するかもしれない。しかし契約を反古にすれば、**違約金六百万円**をとられてしまう。決断しようにも判断材料がない。私は頭を抱えた。電磁波と違約金の板挟みだ。

しかしこの段になっても、トトコは自分が病気であることを認めていなかった。

「あたし病気じゃないから。**悪いのは鉄塔だから**」

内容証明なるもの

「早川くんさー、それ絶対やめたほうがいいよ」

夜ごと悶えた末、ふと思い立ち、大学時代の友人に電話した。彼女はうつ病経験者であった。

「奥さんは何見ても、何聞いても、不安と恐れを抱くんだからさ、土地買ったらこの先、次々と際限なく不安材料が出てきちゃうよ。やめたほうがいいよ」

経験者の意見に、私は唸った。たしかにその通りだ。もしこのまま土地を買ったら、トトコは後悔と不安の念で押しつぶされてしまうかもしれない。

だが、仮契約のキャンセルなどできるものなのだろうか。違法なのではなかろうか。裁判ざたになるのではなかろうか。

あちこちに相談し、「内容証明」を、不動産屋に送れば契約を無効にすることが可能と聞き出した。「内容証明」なるものを「金銭トラブルに激怒した芸能人が相手方に送りつける何かの紙」としか認識していなかった私は、まさか自分がそんなものを出す羽目になるとは思いもよらなかった。

「**正しい内容証明の書き方**」の、お手本通りに文言を書き連ね、へっぴり腰で投函した。郵便が着く前に不動産屋に電話

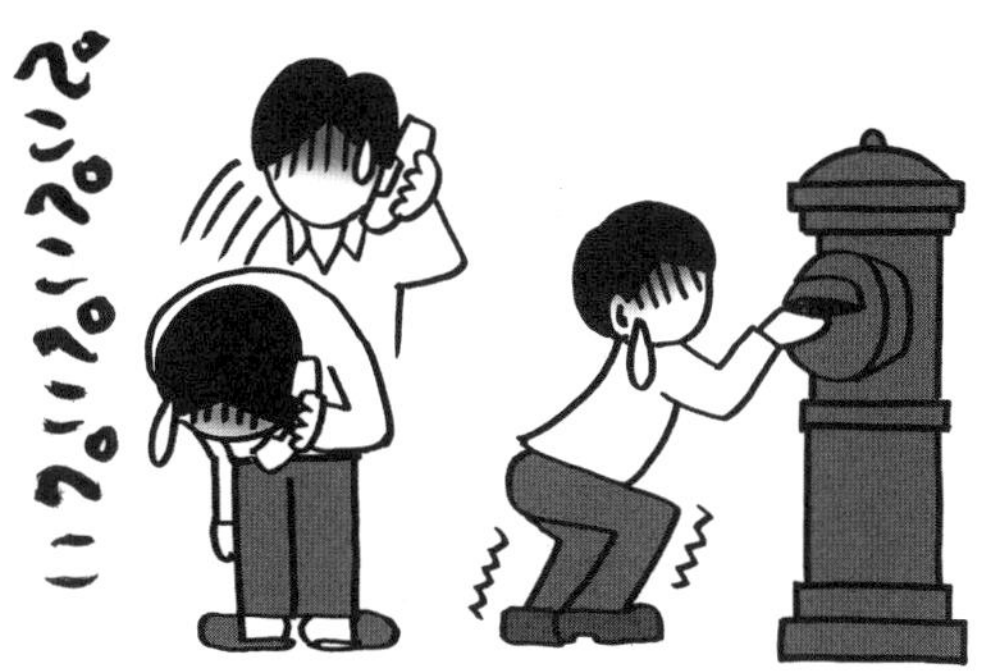

し、受話器にぺこぺこと頭を下げた。外人が見たら大笑いだ。

かくして契約は、悲しくも無事に消滅した。手付けの百万は流れた。

札束に羽根がはえて飛んでいくという、古典的なマンガの光景が思い浮かび、私は滂沱《ぼうだ》の涙を流した。と、同時に、違約金六百万の恐怖から逃れた安堵も、しみじみと噛みしめていた。

土地購入を見送った翌日は、建築事務所の設計がアップする日であった。

「ここが居間で、ここが寝室で……ここがご主人の書斎ですよ」

ひたすら恐縮しながら、私は建築家の説明を聞いた。土地の選定時からずっとお世話になりっぱなしの建築家の先生に、無駄な働きをさせてしまったのだ。私はおずおずと言った。

「実は、家内が急に病気になりまして、急遽、土地の購入は見合わせることに……設計の依頼もいったんキャンセルということで、なんともはや、申し訳も……」

恐縮のあまり、私の体はコロボックルくらいに縮んでいた。

うつうつバースデイ

建築雑誌にとってかわり、我が家にはにわかに「うつ病」関連の本が増え始めた。

つらい。暗い。胸が苦しい。トトコの症状は、教科書通りだった。

何もやる気が起きないし、体が動かない。眠れないくせに、寝たまま体が起こせない。本も読めない、音楽も聴けない、テレビを見ても内容は頭に入らず、何を食べても砂を噛むようだ。寂しくてたまらないのに人と会うのが苦しい。そしてわけもなく涙が出てくる。風呂にすら入りたくない。出かける先はトイレだけ。

「ただ木のように息を吸って吐いてるだけだった」後にトトコは、こう述懐した。

しかし、ただグッタリと横たわっているだけのトトコに手付けの話をすると急に跳ね起きた。「ええッ、百万円!!」トトコは色を失った。

「百万なんて大金が、私のせいで、百万が」トトコは肩を奮わせた。

「いいさいいさ、百万で済んでよかったよ。せいせいしたよ」

私はハニワの笑顔で言った。しかし、ことあるごとにトトコは百万円の話を蒸し返し、「胸がつぶれそう」と言っては嗚咽した。

「土地に関する、一切の話題を避けていただきたい。メールもやめてほしいのです、どうかひとつよろしく」

私は知人友人たちに、箝口令《かんこうれい》を敷いた。しかし、人の口に戸はたてられぬもの、どっかのうつけ者がこんなメールを送ってくるのを防ぐことはできなかった。

「土地やめたんだって〜？　来年金利上がっちゃうよ？　どうすんのねえどうすんの？」

さらには、以前はウンともスンとも言わなかった不動産屋が、なぜか今頃になって熱心に「掘り出し物の物件」などを、ファクスで送りつけてくるのには閉口した。

「土地」と名がつくものは一切、トトコの目に触れさせたくない。

ファクスがピヨーブリブリなどという脳天気な音をたてて紙を吐きだし始めると、私は飛んでいって引きちぎった。

人生は往々にして間が悪い。よりにもよって、こんな状態のところへ、トトコの誕生日が来てしまった。

いったいどうすべきか。ケーキをほおばっても、トトコはそれを味わえないのだ。

わたしは、クマを買おうと思った。

モフ

クマのぬいぐるみには、心理学的に人を癒す効能があるそうだ。

なぜ、ネコでもなくウサギでもなくクマなのかわからないが、とにかくクマなのだ。誕生プレゼントにクマを贈ろう。

しかし意外にも、クマはどこにも売っていなかった。

京王、小田急、三越、伊勢丹、どのおもちゃ売り場にもクマはいなかった。他の

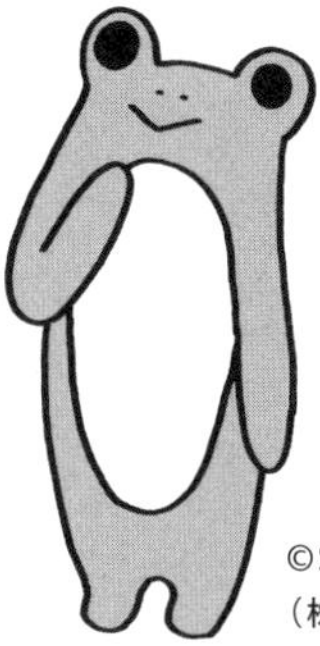

ショップをいろいろあたったが、やはりいない。「クマはないんですか？」と聞いても「いやーちょっとうちには……」と、どこの店員も口をそろえるばかりだ。クマのぬいぐるみなんておもちゃの定番じゃあないのか？　クマなど目をつぶっていても買えると思っていた私は、新宿のど真ん中で途方に暮れた。

頼みの綱の東急ハンズにも、クマはいなかった。もう足が棒のようだ。私は当惑し、一階のパーティーグッズコーナーで立ちつくした。

ふと見上げると、棚にぬいぐるみが並んでいる。それは「株式会社シナダ」というメーカーが出している、〝**フモフモさん**〟というぬいぐるみのシリーズだった。トラの〝トララ〟やら、パンダの〝ぱんな〟などファンシーなお友達が揃っている。ひと抱えほどの大きさで、抱き枕として使えるらしい。

トラやパンダやウサギに混じって、カエルのぬいぐるみがあった。〝けろーにょ〟という名前がついたそのカエルは、ファンシーなラインナップの中で異彩を放っていた。

「カエルもクマもおんなじようなもんだろ」

投げやりな結論を下し〝けろーにょ〟を買うことに決めた。私は疲れ果てていたのだ。

ああ、しかしこのぬいぐるみたち、なぜによって手も届かぬ棚のてっぺんに陳列されておるのか。どうして客が黙ってレジに持っていけるようにしておいてくれぬのか東急ハンズよ。四十男が「フモフモさんの〝けろーにょ〟をください」などと言わなくてはならないのか。

私は意味もなく売り場を徘徊し、店員を見つけると伏し目がちに言った。

「あのー、あそこにあるぬいぐるみの、緑色のやつがほしいんですケド」

「あー、あのー……カエルの」同じ心持ちだったのか、店員はぎごちなく言った。

「カエルの」私は答えた。

わけのわからぬ問答をして、私はぬいぐるみを買った。大きな袋にカエルをもそもそと詰めこみ、嬰児誘拐犯のようにそそくさとその場を立ち去った。

「わあッ、かわいい！」そういってトトコが目を輝かすのを私は期待していた。だがカエルを見せると、トトコはいぶかしげに言った。

「**えー……ヘンなの**」

だが、抱くと、その表情が和んだ。

「あー、でもこれすごい気持ちいい……」トトコはカエルに顔を埋め、うっとりとその背中をさすった。

「このぬいぐるみは『フモフモ』というのだ」何度教えても、トトコは「モフモフ」と言いまちがえた。そしてモフモフ、モフモフ、と言っているうちに、カエルの名前は自然に「**モフ**」となった。

その日から、モフはトトコの子どもがわりとなった。その当時の我々夫婦に、子どもはなかった。

ウツ妻もの申す　その❶

うちは夫婦二人ともフリーランスで仕事をしているので、銀行からローンが借りられるかどうかが一番の問題でした。

銀行員をやっていた父からローン審査や金利の事を聞いて、今しかない！　と思い込んですごく焦っていました。安定したサラリーマンのようにいつでもローンが組めるわけじゃないですからね。

限られた時間の中で、好条件の物件を探し出すことはハードルが高くて、本来なら楽しいはずのイベントなのに、ただただ神経をすり減らしてしまいました。

夫とはよく喧嘩をして何度かお茶をかけられました。

契約する直前に「やっぱりあの土地やめたい」って言ったときも……（苦笑）。

「もう夫は気持ちが固まったのだな」とすごく暗い気持ちで不動産屋に行ったのを覚えています。でも何でお茶なんかかけるんだろ？

ひどいですね……。

そんなにお茶ばっかかけてないよ！　勝手に記憶が膨らんで言ってるよ、それ！

モフモフ

うつ病は朝がつらい。

遅い時間にベッドから這いだすと、柱にもたれかかる。そしてモフに顔を埋め、サナギのように動かなくなった。食事の時も隣に**モフ**。夜も添い寝に**モフ**。寝返りを打っても**モフ**を抱きしめたまま離さない。翌朝になるとモフの体はひん曲がり、寝技をかけられたようになっていたが、それでもけなげに笑顔を浮かべていた。

「ママさんママさん、大丈夫ですよ。モフがついてますよ」

私はたわむれにモフにこんなことを言わせた。

「モフー!」トトコはモフを抱きしめては泣き、泣いては抱きしめた。泣いた。とにかく泣いた。わけもなく悲しかっ

た。朝になれば泣き、日が暮れれば泣き、また朝が来ると泣いた。箸が転んでも泣いた。しかしモフを抱きしめると、悲しみや憂鬱もじきに薄らいでくるようだった。私は調子に乗ってモフを踊らせたりした。トトコは少しだけ笑った。

「あ～モフちゃんが本当に生きてればなァ」そう言ってトトコはモフの体に顔を埋めた。

カエルのぬいぐるみがここまで癒しになるとは。私は目を見張った。予想以上の効果だ。クマが見つからなかったのも、天の配剤ではなかろうか。

「そうか、あたしが病気になったからモフはうちに来てくれたんだ……」

出会いは運命のようだった。冷静に考えたら工場の量産品であるぬいぐるみを買ったというだけである。だがトトコがあまりにモフをかわいがるので、私も何だかこのぬいぐるみが本当に生きているよう

に思えてきた。

実際、このカエルがわざとらしいスマイルでも浮かべていたら、いい年こいてそんな妄想は浮かばなかったろう。だが製作者がどこまで意図したかわからないが、一見無表情に思えるこのカエルの真っ黒な瞳は、じっと見ていると深い慈愛に満ちているかのような印象を抱かせるのだ。モフの控えめな表情は、トトコに限りない安寧を与えたようだった。

「かわいーかわいー!」

気まぐれでモフに服を着せてみると、トトコはまるで赤子にするように頬をすりつけた。そのまま動かないので、どうしたのかと思うと、眠りに落ちていた。

ある時、トトコは気分転換に母とデパートに買い物に出かけた。トトコはいそいそと幼児服売り場へおもむき「あ~かわいい~、やだこっちもかわいい~!」と、服を選び始めた。**もちろんモフに着せる服である。**ぬいぐるみの服を真剣に選ぶ娘（三十四歳）の姿に、母は瞠目したという。

しかし気分の変調は予告もなくやってくる。重苦しい気分を何とか変えようと、トトコは公園に行ってみた。だが若葉の季節、空は青く太陽は輝き、そよ風が吹く爽やかな光景も、トトコには灰色に見えた。比喩的な表現ではなく、本当に灰色に見えたのだという。そして絶望的な気持ちが、暗い泉のように湧き上がってくる。

「**このまま消えてしまいたい**って本気で思った」後にトトコは述懐した。

トトコはモフを抱きしめて、涙をこぼした。涙はこんこんと湧き続け、モフに染みこんだ。舐めたらきっとしょっぱくなっていたことだろう。モフの添い寝は欠かせぬものだったが、布団に入るのさえも大義な時は、モフを体の上に載せ、寿司のようになって眠る事もあった。

その頃、私の著作をベースにした「へんないきものＤＶＤ」なる映像作品が作られることが決まった。様々な奇妙な生き物の映像を、ＮＨＫの

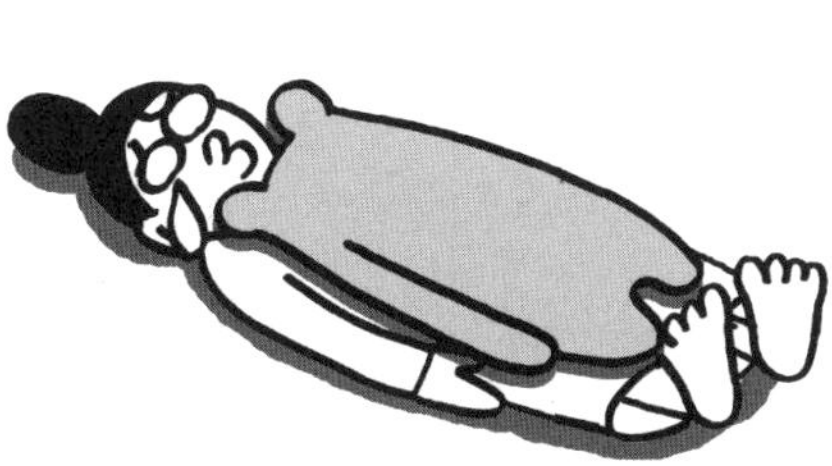

「クローズアップ現代」とか、「ＮＨＫスペシャル」風に紹介していくのだという。さらには原作者の私に出演してほしいというのだ。酔狂な企画もあったものである。ちなみにこのＤＶＤの「好感度の低いみんな、集まれ！」というコピーは私が考えたものだ。コピー料はいまだに頂いていない。

その中で「教育テレビ風の生き物解説」というコーナーがあった。明るいおねえさんと愉快なワンちゃんとかが工場見学に行ったりするようなアレだ。しかしこれはパロディなので、おねえさんはアングラ女優、お仲間は「**ハダカデバネズミ**」という気色の悪いネズミである。

ハダカデバネズミのデバくん

ハダカデバネズミの名前は「デバ君」といった。私はデバ君が気に入った。モフとコンビを組ませれば癒し効果も二倍になるのではないか！　私は単細胞的にこのような事を考え、撮影後にハダカデバネズミのデバ君を貰い受けた。

連れ帰ったデバ君をモフの隣に座らせた。トトコの反応は今ひとつであったが、私は強引にこの二人をコンビと設定した。

さらに調子に乗って、モフとデバを主人公にした「モフリン」なる絵本をトトコに作ってやった。絵本といっても心温まるような名作ではない。手のひらサイズの、しかも私が描いたポンチ絵でつづった他愛もないマンガ本である（次ページ）。

トトコの周囲だけ重力が増したようだった。すべての動作が重く、つらく、ぎこちない。どうしてこんなことが、と思えるような簡単なことができない。メールの返事も書けない。歯すら磨けないのだ。

会社時代の同僚から、ボウリングの誘いがきた。無理かと思ったが、トトコは「行ってみる」という。「家にばっかりいては、世間におくれをとってしまう。外の世界に触れていなければ」というのが本人の主張であった。

トトコは気丈に明るく振る舞った。しかし皆に手を振って背を向けたとたん**いきなり沈没した**。

「Gさんは明るいし、Oさんは実家が裕福だし、Kちゃん

カラープリントを出力して本に仕立てた。
大学の時に習った製本術がこんなところで役立った

おなじみモフとデバくんが、花の都で大騒動……⁉

オージュテーム！
POTÊ!
メルシーラ・ファームル・ポレンエセパセ？
ウィジュテームジュテームショコラーテ
Que?
すごーいデバくんフランス語ペラペラなんて
ウィセシボンセシボンボン
ソンケイ
ポリポリ
フンフン
ではモナミせっかくだからパリを観光しようか
うわーステキステキ
フパッ
エッフェル塔
たかいナー
カフェ・ド・シャンゼリゼ
ルーブル美術館
ゴヤ作「わが子を食うサトゥルヌス」
さてモナミパリも飽きたからそろそろ帰ろうか
でもどうやって？
こうやるのさガブリ！
ノンイデデデ！
Gabü!
シャルル・ドゴール空港
ゴー

フランス人は親切だね飛行機で帰らせてくれるなんて
違うよ不法入国の犯罪者だから強制送還されるんだ
ゴー
メダーム・アン・ムッシュー 本日はモナムール・エアラインをご利用いただきありがとうございます
当機は午後八時四十分に成田到着予ボコッ
機内食楽しみ
ノン、ノン…!
ボコッ
ボカッ
バキッ
メダーム・アン・ムッシュー 当機はただいまネオ日本赤軍「緑のタヌキ」にハイジャックされました
到着地を東京よりピョンヤンに変更いたします
泣くな いもとよ いもとよ 泣くな
えーん どうしよう あんなとこ行ったら ぼく天ぷらにされちゃうよう
あっ いつの間に…
ほら これを食べて機内から脱出だ!
もぐもぐ
パクパク
プクー
ノン! 気圧が
セシボン!
ポン
ポン
ゲッゲゲのゲ
パン
パン
キャー カラス攻撃!

また落っこちるう
南無阿弥陀仏
ぴゅー
キャーッ
ドコッ
ギャー!
ドカ
ちょっとどうしてくれんのこれ!
だいたい今までどこ行ってたのよ!
パリ…
Fin

この後、絵本「モフリン」はシリーズ化し、毎年トトコの誕生日に贈られることになるのだった。

は子どもがいて幸せだし、Tさんは外資系のキャリアウーマンで英語もペラペラじゃない。みんなに比べてあたしだけが……」

下を向いてトトコは、涙をぽろぽろこぼした。

「世間におくれをとるのがいや」そう言ってトトコは、重い体をひきずるようにして知人友人の集まりに顔を出した。そして「みんなに比べてあたしは……」と肩を落として泣いた。

「世間におくれをとる」という脅迫観念めいた考えは、その後何年もトトコを苦しめることになる。

家事は私がすべて肩代わりすることとなった。それはまだいい。だがトトコはまだ仕事を抱えていた。仕方がないので私が手伝うことにした。

「じゃあ、何をいつまでやるかを教えといてくれ、スケジュールと作業内容を」

「うん、ごめんね、ごめんね」とトトコは涙ぐんだ。

「どうして手伝ってくれないのよ」

カレーを煮ていると、トトコが恨みがましい目つきで言った。私はぎょっとして言った。

「いや、だから、スケジュールと指示を、待ってたんだけど」

「手伝ってくれる、って言ったじゃない」

「いやだから、手伝うってば。でもまだ仕事の内容すら聞いてないし」

「あたし、今つらいの。すごい、つらいのに。何でカレーなんか煮てんのよ」

「何でって言われても……」

「何で手伝わないのよッ!!」

トトコは定規を床に叩きつけた。鉄の定規がねじけて弾け飛んだ。床が裂けた。

うつ妻とギックリ夫

「まあ、いいじゃないですか。高価な壺とかでなければ」

医師はこう言ったという。

あたし一体どうしちゃったんですか？　トトコはさすがに自分の行状をいぶかしみ、医師に尋ねた。彼の説明によると、一見乱暴なこういった行動は、溜まった軋轢《あつれき》を外に発散し、自力で治ろうとする自然治癒力の一環だという。ため息なども同じ事なのだそうだ。

そんなことがある一方、トトコはモフを抱きしめ、朝から泣くこともしばしばあった。

さらに、天は我が家に恨みでもあるのだろうか、突如として私は**ギックリ腰**になってしまった。風呂桶をひょいとまたいだとたん、私の体はこわばり、にっちもさっちもいかなくなった。私は生まれたてのゾンビのようにぎくしゃくと寝床へ向かった。

便座に腰かけると、槍で突かれたような激痛が走った。

西洋ではこの痛みを「魔女の一撃」というそうだが、なるほどよくいったものだ。などと感心している場合ではない。尻を剥き出し、白目で便所の壁に頬をすりつけながら、二度と便所に立つまいと心に誓った。

「しびん買ってきて」私は息も絶え絶えに言った。

「えーあたし、しびんなんてやだ」

トトコは無下に断った。何という薄情な女だろう。けどそうさ、結局いつもこうなんだ。この女は亭主が疲れきって寝てるのにガーガー掃除機かけやがったり、人が熱出して苦しんでても「医者行けば？」としか言わねえんだ。そういうやつだ。そういう女なんだよこの女は。

人は体が弱くなるとにわかに恨み言を言いたくなるものだ。私は目を剥き、床を叩きながら言った。

「しびんが要るんだよ俺は！　し・び・ん・が！」

「大体、しびんなんてどこに売ってんの」

「しびんはしびん屋に決まってんだろ、早くしびんしびんしびん！」

結局しびんは手に入らず、私は便座で吠え、唸った。歩く時は老人のように手を引かれ、一寸刻みに歩行した。

トトコは心なしか嬉しそうだった。うつとギックリが介護し合う暮ら

しは、夫婦の愛のかたちといえば聞こえがよいが、ダウナーな生活臭が漂っていた。

ところで、今お読みになっている「ウツ妻さん」は、「闘病記」というジャンルに属する読み物である。

この手の本ではたいてい、笑いあり涙ありのヒューマンドラマが展開され、闘病を通じて家族や夫婦のきずなが深まったりするのが定石である。

だが、本書はここでいきなり「**愛の戦士　レインボーマン**」の話になってしまうのだ。

第二章
ヒーローたち

死ね死ね死ね死ね

「愛の戦士　レインボーマン」は、昭和四十七年から一年間、現・テレビ朝日系で放映された、東宝の特撮ヒーロードラマである。

「♪インドの山奥で〜　♪タラリララー　修行〜してェ〜」

こんな主題歌をご記憶の方も多いだろう。アマチュア・レスリングの選手、ヤマトタケシ青年がインドの仙人・ダイバダッタの教えを受け、愛と平和の使者・レインボーマンに変身、悪の組織**「死ね死ね団」**と闘う話である。

ダークにショッカー、ブラックゴースト。「悪の組織」の目的は、判で押したように「世界征服」だ。しかし、かつてヒーローに熱中したいたいけな少年たちも、やがてその目的には疑問を抱くようになる。

「愛の戦士 レインボーマン キャッツアイ作戦編（2枚組）」
（DVD発売中、12,600円〈税込〉、発売・販売元：東宝）

いったい「世界征服」とは何なのか。経済支配なのか、独裁政治なのか、統一国家の樹立なのか。一体彼らは、何がやりたいのか。

「死ね死ね団」にそのような曖昧さは、一切ない。

彼らの目的、それは**日本民族の抹殺**である。

戦時中、日本軍に家族を惨殺され、日本人への復讐を誓った謎の外国人、「ミスター・K」。彼を首領とする、日本人殲滅《せんめつ》を目指す秘密結社「死ね死ね団」は、薬物、経済撹乱、科学兵器、**妖術**など、毎週盛りだくさんな内容で日本を窮地に陥れる。「日本の戦争責任」などというヘヴィなテーマを真正面から突きつけられているようだが、当時のご家庭では、けっこう脳天気に楽しまれていたことと思う。

ヒーローものに登場する「悪の首領」といえば、悪魔やモンスターのような風体が定石だった。だが銀髪サングラスに高級スーツ、ブランデー回しも小粋な**ダンディ**というミスター・

ダンディな悪の首謀、ミスターK
（写真提供：東宝株式会社、「愛の戦士 レインボーマン キャッツアイ作戦編」より）

Ｋの悪役像は、それまでの首領イメージを覆す鮮烈なものだった。

悪の組織は数あれど、「死ね死ね団」は、後々までも、視聴者に強烈なインパクトを残した、指折り人気の秘密結社だ。

死ね死ね団には、**テーマソング**もある。こんな歌だ。

♪死ね　死ね　死ね死ね死ね死ね　死んじまえ
黄色いブタめをやっつけろ　金で心を汚してしまえ
死ね（あー）　死ね（うー）死ね死ね
日本人は邪魔っけだ
黄色い日本ぶっつぶせ　死ね死ね死ね　死ね死ね死ね
世界の地図から消しちまえ　死ね！
死ね死ね死ね　死ね死ね死ね
死ね死ね死ね　死ね死ね死ね

♪死ね　死ね　死ね死ね死ね死ね　死んじまえ
黄色い猿めをやっつけろ　夢も希望も奪ってしまえ
死ね（あー）　死ね（うー）死ね死ね
地球の外へ放り出せ
黄色い日本ぶっつぶせ　死ね死ね死ね　死ね死ね死ね
世界の地図から消しちまえ　死ね！

♪死ね死ね死ね　死ね死ね死ね
死ね死ね死ね　死ね死ね死ね
死ね死ね死ね　死ね死ね死ね
死ね死ね死ね　死ね死ね死ね

ＪＡＳＲＡＣ出１３１０１７３-３０１

「死ね」という言葉が、これだけ繰り返される歌も他にないだろう。歌詞だけ書くとさもおどろおどろしい旋律のように思えるが、イントロを聞いただけで踊りだしたくなるような、**ファンキーな一曲**であるところがミソである。きまじめなネット右翼の皆さんが聴いたら、激昂のあまり悶死してしまいそうな歌詞だが、これを書いたのが、民族派の川内康範《かわうちこうはん》先生であるという事実も、たいそう趣が深いところである。

「その曲、何⁉」

「死ね死ね団のテーマ」をYouTubeで再生していると、トトコがすっ飛んできた。知り合いに頼まれ、曲の音源を探していた私は、思わず妻を見た。

「は？」

「今かかってたの、何‼　すごくいい‼」

「これは、あの『死ね死ね団のテーマ』といって、マニアにはよく知られてる歌だけど。昔の特撮ものの……」

「かっこいい‼」

トトコはマウスをひったくると「死ね死ね団のテーマ」を再生した。

トトコはもちろん、特撮オタクなどではない。好きなドラマといえば「セックス・アンド・ザ・シティ」、空想映画の類はいとこきばって「スター・ウォーズ」という、そんじょそこらにいるごく普通の女性である。

それが特撮もの、しかもよりによって「**死ね死ね団のテーマ**」である。一体何がどうしたことか。病気が悪化したのではなかろうか。

それからというもの、トトコは毎日「死ね死ね団のテーマ」を再生して聞き惚れた。その頃ドイツでワールド・カップが開催され、よそのご家庭からは明るい声援が漏れ聞こえたりしていたが、我が家ではひたすら「**死ね死ね死ね死ね**」という歌が流れていた。

「そんなに気に入ったなら、本編を見てみるかい？」

私は昔に買ったビデオ「レインボーマン全12巻セット」を押入の奥からごそごそと引っ張り出した。

そしてその日から、トトコのレインボーな日々がはじまった。

愛の戦士

「あのくたらさんみゃくさんぼだい、あのくたらさんみゃくさんぼだい、あのくたらさんみゃくさんぼーだい！　レインボー！　ダーッシュ・セブン！」

主人公タケシが〝機能別〟に変身できるという設定、それが「レインボーマン」の画期的な点であった。

ヨガの奥義を究めたダッシュ1は「月の化身」、炎を操るダッシュ2は「火の化身」、「水の化身」ダッシュ3は「水冷砲の術」で火事を鎮火し、「草木の化身」ダッシュ4は「松葉手裏剣」で敵を攻撃する。ダッシュ5は空を飛ぶ「黄金の化身」、ダッシュ6は大地の力を利用する「土の化身」、そしてダッシュ7は

主人公のタケシは機能別に変身できる
（写真提供：東宝株式会社、「愛の戦士 レインボーマン キャッツアイ作戦編」）

「太陽の化身」。レインボーマンは経文を唱え、状況に合わせてその身を変化させる。

そう、レインボーマンはスーパーマンではない。大自然の申し子なのだ。「レインボーマン」という物語の根底には「人間と自然は一体である」という東洋思想がある。そのため、タケシを指導し、レインボーマンとして覚醒させるのは、博士でも宇宙人でもなく、**インド人**である。

それに対し、「死ね死ね団」は「自然は人間が利用すべき事物に過ぎない」というデカルトの二元論を思想源流とした、合理性とテクノロジーの権化である。彼らにとって自然とは、資源でしかない。だからミスター・Kには、レインボーマンの超自然力は「マジック」としか映らない。劇中、彼は何度となく叫ぶ。

「気をつけろ、やつはマジックを使うぞ！」

ヒーローに苦悩はつきものだ。レインボーマンの主人公ヤマトタケシ青年も、その例に漏れない。だが多くのヒーローの苦悩があくまでスタイリッシュなものであるのに対し、レインボーマンの苦悩は、あまりに泥くさい。

自分がレインボーマンであるという秘密は誰にも漏らせず、「死ね死ね団が日本を狙っている」などと言っても、人々は笑い出すばかり。せっかく悪をやっつけて帰宅しても、母ちゃんからは「どこ行ってたんだい、この親不孝者！」と言われておにぎりをぶつけられ、**畳に正座させられて説教を食らう。**恋人のヨシエさん（美人）には不審の念を抱かれ、足の不自由な妹に手術を受けさせたくとも、いつまでたっても金は工面できない。

みんなは青春を謳歌しているのに、何で俺一人がこんなに苦しんで日本を守らなきゃならないんだ。誰も俺をわかっちゃくれない、わかっちゃくれないんだちっきしょおおお！

ヤマトタケシのあられもない苦悩は、番組のエンディング・テーマにストレートに反映している。

ヤマトタケシの歌　作詞：川内康範　作曲：北原じゅん

どうせこの世に　生まれたからにゃ

お金も欲しいさ　名も欲しい
自分の幸せ　守りたい
ぼくだって人間だ　ぼくだって若いんだ
けれども　その夢捨てさせる
この世の悪が　捨てさせる

肩に背負った　十字架の
使命の重さに　耐えかねて
たまには泣ける時もある
ぼくだって人間だ　ぼくだって若いんだ
恋もしたいさ　遊びたい
わかってほしい　この気持ち

「お金が欲しい」「遊びたい」。等身大にもほどがあろう。しかし変幻自在の超能力と、あまりにつましい庶民の苦悩が同居しているところに、「レインボーマン」の奥深さがあるといえる。

　レインボーマンには、かっこいいバイクも、ハイテク基地も、秘密兵器もない。あるのはヨガの奥義と大自然の力だけだ。さらに、超能力を身につけたとはいえ、おつむはフツーの青年と同じなので、敵の頭脳戦にはすぐひっかかる。

　ある時などは、敵に薬物を飲まされラリってしまい、「母ちゃん！」と叫んで通りすがりの女の子に抱きつき、ビルの屋上にのぼって「**お〜〜い、魚は釣れたかァ〜〜〜〜〜**」と、意味不明のことを叫びだす。さらには悪のドクターに電気ショックをかけられ、アヘアヘタラリーンで目はうつろ。「もう気ちがいも同じですよ」（このセリフには一部不適切な表現が含まれていますが、作品のオリジナリティを尊重し、このまま掲載します）などと言われる始末だ。実にかっこ悪い。

　死ね死ね団の経済戦「M作戦」により、日本がハイパー・インフレに襲われた時には何ひとつ手を打てず、「くっそううう、死ね死ね団めえええ！」と目を剥き歯がみするだけであった。

異常な物価の高騰で、飢餓状態に陥った人々は暴徒と化し、飢えた母子を蹴り倒し、米屋を襲撃して**米を生でむさぼり食う**。バラエティなる下等番組が主流をなす現代のテレビでは、決して放映できないエッジの利いた内容である。

レインボーの日々

トトコは、「レインボーマン」に魅入られたようだった。

モフを横に座らせ、朝はレインボーマンではじまり、昼は当然レインボーマン、夜も続けてレインボーマン。

「うそーありえないー!」「もうツッコミどころ満載ー!」

「ツッコミ」と称して、あらを見つけて喜ぶのはいわば駆け出し。画面を指さし大笑いするトトコも、当初はそんな素人鑑賞者のひとりに過ぎなかった。

だがまたたくまに玄人となった。設定のゆるさだの、筋書きのおかしさといったレベルの話には、目もくれなくなった。本質をつかんだのだ。

レインボーマンの活躍に一喜一憂し、鏡に向かえば**「あのくたらさんみゃくさんぼだい」**と経文を唱え、変身ポーズを練習した。

ビデオを見ていない時は、サントラを聴きこみ、主題歌を歌いまくった。もし当時アニソンカラオケに行ったなら「どうせっこの世にっ生っまれた〜からにゃ〜♪」と、ギンギンのエコーで熱唱しただろう。

ヤマトタケシ役の俳優、水谷邦久氏は、今は俳優業を辞め、静岡でカメラ店を営んでおられるという。トトコはそれを知ると、**「静岡にタケシに会いに行く」**と言い出した。レインボー熱は、ヒートアップするばかりだった。

「レスリング・ウェア姿のタケシの写真が欲しい」と真顔で言うこともあった。空を見上げ、「あそこにタケシが飛んでるんだね」と言い始めた時は、私はうつ病以外の

病気も疑わねばならなかった。

「レインボーマンがヨシエさんを助けに基地に乗りこんで、全身に矢が刺さっちゃって、おまけに〝ヨガの眠り〟が始まっちゃって大ピンチ（中略）死ね死ね団が毒薬を貯水池に投げこもうとして、殺人プロフェッショナルが呼ばれて（中略）電流人間エルバンダが攻撃してきて、大爆発して（中略）お多福会ていう宗教団体のバックは、実は死ね死ね団で（中略）そこへアフリカから来た魔女ゴッド・イグアナが……（以下すべて略）」

トトコはレインボーマンを語り出すと止まらなかった。

食事中もしゃべり通しにしゃべりまくり、**箸が長々と宙で止まっているときもあった。**レインボーマン・トークは起き抜けから炸裂したが、別に会話が弾んでいるわけではない。一方的に聞かされるだけだ。うんざりするほどのハイテンションだ。

かと思うと、幽霊のようにうつむいて呟く時もあった。

「ああ、百万円どうしよう、ほんとうに申し訳ないことを……早く仕事初めて取り返さなきゃ……気力わかなくてできない……一刻も早く仕事初めて取り返さなきゃ……迷惑だから一日も早く治らなきゃ……でも気力湧かなくてできない……」

「百万ぐらい、いいじゃないですか」

医師はそう言い、知人のマンションが大幅に値崩れし、何千万もの損害を出したという話をしてくれた。

「そうよね、別に何千万も損したわけじゃないもんね。百万ぐらい、すぐよね」

トトコは医師の話でにわかに元気づいたように見えた。だが翌日になると、

「とんでもない大金をドブに捨てて……」とうつろな目で呟いた。

うつ病の本には、どれにも「励ましてはいけない」と書いてある。「よし死んでも励まさんぞ」私は心に誓い、ひたすら気楽に、軽薄に振る舞った。

「まー何つうか今までしゃかりきにやりすぎたっつーのもあるんじゃん？　百万なんてまた稼ぎゃいいしー。しばらく仕事離れるのもいいかもよ？　まー休暇みたいなもん？」

しかしトトコの耳にはこちらの言葉は一切入らなかった。馬耳東風、マジ東風、ガチ東風であった。

「あたし早く仕事して百万取り返すから」

「いやだからそんな風に焦っちゃっちゃさー。しばらくゆっくりとさー」

「早く仕事して百万取り返すの、ああ、でも仕事ができない」

「いやだから、そうやってこだわってると病気にさわるから、なるべく気を楽に、ね」

「百万円なんてとんでもない。すぐ取り戻すから、あたし」

「だーかーらー、そうやって早く早くって思うと、逆効果なんだったら……」

「百万なんて大金よ。すぐ取り返さなきゃ。ああ、でもできない、できないの！」


会話は全く成り立たなかった。

サイボーグ・キャシー

仕事の依頼があった。やめろというのに、トトコは受けてしまった。

「リハビリをかねてやってみようと思います。あなたには迷惑かけませんから。約束やぶってごめんなさい」

私の仕事場のPCにはこんなメールが届いた。

だが実際やってみるとリハビリどころではない。目をつぶっていてもできたはずの作業が、どうしてかと思うほどに進まない。何も思いつかない。手も動かない。パソコンの前に座っても、目を開けていられない。モニタの光に耐えられないのだ。

「もしこれで断ったら、二度と仕事はこないかもしれないじゃない」

トトコはそう主張し、さらに仕事を受けた。そして毎度苦しんだ。

子ども向けの理科の本には、「カブトムシは力もち、リンゴをぐいぐい引っぱるぞ」などと書いてあったりするが、大抵は床の上をジタバタするだけでがっかりする。トトコはそんなカブトムシのようだった。

　仕事に苦吟する一方、レインボー熱はいっかな、冷めなかった。

　番組は後半に入ると、ぐっとアダルティな展開になってくる。

　地底戦車で外国要人にテロを仕掛け、日本の信頼を失墜させる死ね死ね団。さらにはレインボーマンの前に、強力な傭兵部隊**「悪魔武装戦隊《Devil Armed Combat unit》」**が立ちふさがる。ミスター・Kの雇った戦争の犬たち、そのハイテク装備は、レインボーマンの超自然力をことごとくはねつけてしまう。

　そう書くと、男ばかりがひしめきあう、殺伐たるバイオレンス・アクションなどに思えるが、どっこい「レインボーマン」にはお色気もてんこ盛りだ。

「死ね死ね団」の幹部は、美人ぞろいだ。キャシー、ダイアナ、オルガ、ロリータなど、洋ピン女優のような名前ばかりだが、お嬢系、お局系、モデル系、ロリ系など、各種タイプが取りそろえられており、しかもミニの隊員服でハイキックをかましたり

するので、大きなお友だちも大満足である。

しかし冷酷非情なミスター・Kはこともあろうに、美人幹部のキャシーを戦闘サイボーグに改造してしまうのだ。実にもったいない。

オイルの涙を流しつつ、機械人間キャシーはレインボーマンに立ち向かう。手からはナイフ、目からはレーザー、足には機銃。女を捨て、全身を兵器と化して、多摩川の河原でレインボーマンと戦うキャシー。

「キャシー……かっこいい！」

サイボーグ・キャシーのファッションは、ラメ入りシルバーのミニワンピに、真っ白なロングブーツ。決まっている。トトコの目はハート型となって飛び出した。

「あたしもキャシーみたいになる！　**痩せてきれいになって死ね死ね団に入れてもらう**」

他人には決して理解されないであろうことを宣言し、トトコは鼻息荒くダイエットを始めた。購入以来、洗濯物置き場となっていたウォーキングマシンをひっぱり出し、ギッタンバッコンと漕ぎ始めた。

どうかしている、と思うほどの興奮ぶりだ。この無用なテンションは一体どこから生じるのであろう。

しかしその一方、朝から灰色の時もあった。うずくまり、モフを抱きしめて声もなく泣いた。

「もう心配することはないから。ゆっくり、休みな、ね」

そう言って背中をさすってやっても、相変わらず人の話はまったく耳に入らないようだった。

「休んでる間も、病気のことは絶対誰にも言わないで」

トトコは声を詰まらせながら言った。

「恥だから」

妄想サイボーグ

しかし、つらくともレインボーマンがあれば回復できた。タケシがんばれ！　タケシ負けるな！　レインボーマンを見ている時だけ、トトコの目には生気が蘇った。その熱中ぶりは、そんじょそこらのマニアを凌駕するほどであった。

そんなにも熱をあげたレインボーマンを、トトコは**あっさりと忘れ果てる**ことになる。

ズバット

「ズバッと参上、ズバッと解決、ひと呼んでさすらいのヒーローー！　快傑、ズヴァ――――――ットト!!」

「『**快傑ズバット**』は、昭和五二年から東京12チャンネルで放映されていた、東映の特撮ヒーロー番組だ。主演は宮内洋、原作は石ノ森章太郎先生である。

「快傑ズバット」は、日活の「渡り鳥シリーズ」と東映の「変身ヒーローもの」を掛け合わせた、いわばミックス・ジャンル作品である。

ウエスタンルックに白いギターを抱えたさすらいの私立探偵、早川健が、親友の仇を捜して日本全国を旅し、その先々でズバットに変身、悪を倒して去ってゆくという話である。主演の**宮内洋**は「キイハンター」「仮面ライダーV3」で全国区となった、今でいうイケメン俳優だ。

特殊強化服の「ズバット・スーツ」を装着、スーパーカー「ズバッカー」で空を飛び、必殺技の「ズバットアタック」で敵を倒す。これだけ書くと、「ズバット」は、ヒーロー・アクションの典型にも思える。

この作品を特異なものにしているのは、そんなヒーローが戦う相手が、宇宙人でも怪獣でもなく、**単なる暴力団**であるという点である。

毎回登場する敵組織は、「鬼勘一家」だの「夜桜組」だの、少年向けヒーロー番組にはそぐわないものばかりだ。「マイナス団」とか「ナチス連合会」などというものもある。いい加減な名前である。

そしてこれらのヤクザ組織が雇った用心棒、武芸のプロフェッショナルと早川健の一騎打ちが、毎度のハイライトシーンだ。用心棒がおのれの凄技を見せつけると、彼は二ヒルに笑う。

「ほう、すごいもんだ。だがお前さんのワザ、日本じゃあ二番目だ」

「何い、俺が日本で二番目だと!? じゃあ、いってえ日本一ってのは誰なんだ!」

凄む用心棒。だが早川は動じない。「ヒューウ、チッチッチ」軽く口笛を吹くと、ぐいと立てた親指で、臆面もなく自分を指さす。**キラリと光る真っ白い歯**。

用心棒は早川を睨みつけて言う。「いい度胸してるじゃねえか、勝負してみるかい」

さすらいの私立探偵・早川健と用心棒の勝負が始まる。しかし早川は**何をやらせても超一流の男**、華麗な技を披露し、相手を瞠目させる。

早川が銃を撃てば、敵の弾を空中で叩き落とし、本場インディアンも目を剥くようなトマホークの妙技を見せ、さらには超絶的な刀さばきで、居合いの達人の鼻をあかす。

「……いつかおぬしを斬るのが、楽しみだ」

捨てぜりふを吐く武芸者（天本英世）に、早川は余裕で投げキッス。ステキすぎだ。相手が拳銃使いや居合い切りであるうちは、まともである。しかし「ズバット」に登場する用心棒はやがて**脱構築**をはじめ、コックだのトランペッターだの、さらには易者だのバーテンだの手品師だの、わけのわからぬ連中になってくる。だがコックと皿投げ対決をしても、ペットを吹き鳴らしてもマジックで化かし合っても、もちろん早川は負けたりなぞしない。とにかく何でも日本一なのだ。

下手な俳優がやれば安いパロディに終わるし、かといって硬派の俳優だと浮いてしまう。「キザ」を正面から演じきり、なおかつ絶妙のギャグテイストを醸し出す、こんなピンポイントな芝居ができるのは宮内洋をおいてほかにあるまい。

そう、これは宮内洋という俳優の個性で成立している番組なのだ。同じヒロシでも、熱血漢の藤岡弘ではこうはいかない。そしてこういったギャグとシリアスのブレンドという番組のコンセプトは、「悲しみのプロパン爆破」「**野球の敵を場外に飛ばせ**」といった各話のタイトルに、端的に表れている。

レインボーマンの最終話を見終えたトトコはがっくりと肩を落とした。

「あーあ終わっちゃった。もっと続いてほしかった……**もっともっとこの世界に浸っていたかった……**」

レインボーマン思慕の念やまず。さらなるレインボーマン情報を得ようと、トトコは「ミクシイ」の特撮コミュニティに入会した。スキモノの皆さんがディープでマニアな情報を交換しあう、好事家集うソーシャルメディアである。

「ねえ、『快傑ズバット』って何……?」

ある日トトコは私に聞いた。コミュニティに集うのはその道のマニアばかり、レインボーマンだけでなくさまざまな作品のタイトルが飛び交う。

ある時、コミュニティでは「快傑ズバット」が話題となった。

「え、うそ、何かすごい面白そう」トトコは、にわかに興味をもちはじめた。

わたしは、昔買った「快傑ズバット」のビデオを見せてやった（これぱっか）。

「ステキ……鼻をすするお姿まで、ステキすぎる……」

トトコはとたんに熱に浮かされたようになった。

主演の宮内洋を「宮さま」と呼び始め、寝ては宮さま、覚めてはズバットという有様になった。そのあまりの熱中ぶりは私を驚かせ、さらには本人にさえ不審を抱かせるほどだった。

順調希求性

「私、ヘンなんでしょうか……？」

特撮ヒーローにはまった話をすると、医師は「ぷ」と吹いたという。

しかし、〝ヘン〟ということは否定した。うつ病になるのは、むしろ真面目で普通の性格の人が多い。ヒーローものにはまったのも、病気のせいではなく「好みの問題」だそうだ。人の好みは様々で、うつ病に良いとされているクラシックも、嫌いな人が無理に聴いたらストレスになる。リハビリ中に取り組んだものに夢中になる人もいるし、治れば目が覚めたように、やめてしまう人もいるという。

「そういうのはよくあるのですが、しかしあなたの場合『**順調希求性**』の気はあるかもしれませんね」医者は言った。

トトコは幼稚園にも行かぬころ、「**大学へ行く時、道に迷ったらどうしよう**」と心配して夜泣きし、母を困惑させたことがあったという。十年以上も未来、しかも行くか行かぬかもわからぬ大学への道筋を、先取りして心配してしまうのである。

過度の心配性、言い換えれば、人生の道のりが絶対安心、順風満帆でなければ不安でたまらないという気質を、「順調希求性」と呼ぶのだという。

物事が順調にいっている間はいいが、思い通りにならぬことがひとつでもできると、たちまち不安に陥ってしまう性質を指す。

心おどる土地購入のイベントは、いつしか重責となっていた。これにしくじったら、もうアウトだ。崖っぷちだ。人生終わりだ。順調希求性があると、物事をこういう風に捉えてしまう。

「フリーって大変だよね」

他人の何気ない言葉も、トトコの心臓を縫い針のように突き刺した。不安が真っ赤なマグマのように噴き出し、冷えて固まると黒い後悔に変わった。なぜ会社を辞めてしまったのだろう。なぜ美術大学なぞへ行ってしまったのだろう。母の言う通り、普通のお嫁さんになっていればよかったのに。

土地も失敗した。仕事もできない。しかも人様に言えないとんでもない病気にかかってしまった。将来におびえ、過去を悔やみ、恥辱感にのたうった。どちらを向いても四面楚歌、八方塞がりだった。

しかしそんなトトコに医師が言ったのはこんな言葉であった。

「病気は〝得る〟ものなんです」

「病気を得る……?」トトコが聞き返すと、医師はおだやかに諭して聞かせた。

「剛速球が売りの投手が肩を痛めました……彼は考えます、なんて不運なんだろう、もうだめだ、選手生命ももう終わりだ。しかし、彼はそこで精進し、ついに〝変化球〟というものを身につけることができました。病気にならなかったら彼に進歩はなかったのです。物事は考えようで、彼は〝病気を得た〟ということもいえるわけです」

悲観するばかりが能ではない。病気も前向きにとらえれば、意味のあることなのだ。「今日、先生からすごいイイ話を聞いた」と、トトコは診療所から帰るなり、言った。

「あたしも〝病気を得た〟っていえるのかな！」

「そうだとも。病気を得て、休むことを覚えろってことだよ」

しかしトトコの不安感は強力だった。一旦噴き上がると、医者のありがたい訓話も**けし飛んだ**。普通に話していたと思ったら、気がつくとモフを抱きしめたまま、柱に寄りかかり、うなだれている。

「仕事をしなきゃ……でもできない……仕事をしなきゃ……でもできない……仕事をしなきゃ……でも……」

思考のループは延々と続き、不安と寂しさが胸を締めつけた。「ゆっくり休もう」といくら言っても耳に入らない。プロの医師が諭してもこれである。私が何を言ったところで無駄だ。たとえ瀬戸内寂聴先生の法話を聞かせたとしても同じことだったろう。

「寂しい、寂しい、寂しい……」

仕事場に泣き声で電話があり、慌てて家に帰ったことも何度もあった。

気晴らしにと、トトコは母とフィギュアスケートを見に行った。トトコはフィギュアスケートのファンなのだ。憧れのスケーターたちの姿を間近にみれば、感動で憂鬱も吹き飛ぶかもしれない。

銀盤の上でスケーターたちが華麗に舞う。スポットライトが光り、スケーターが猛スピードで通り過ぎれば、スケートの刃が氷をけずる音が間近に聞こえる。大迫力だ。場内にオレンジレンジの「花」がかかり、場内はいやが上にも盛り上がる。だが、大好きなスケートを生で観ているというのに、トトコは少しも楽しめない。暗い気持ちが群雲のように湧いてくる。割れんばかりの観客の大歓声が響く中、トトコはひとり俯いて涙をこぼした。

だが「ズバット」を観ている時だけは、トトコは生命を取り戻した。

何もかも忘れて没頭することができた。特に宮さまと〝殺し屋ジョー〟との対決シーンはお気に入りであった。ジョーは英語まじりの変な日本語を使う、日系二世風のキザな殺し屋だ。しかしキザで言えばもちろん宮さまも負けてはいない。宮様は二ヒルに笑うと、殺し屋ジョーを挑発する。

「ふふふ、殺し屋ジョー、ナイフ投げの名人だったな……ただし！　そのワザは、日本じゃあ二番目だ」

「アーッハッハハハ……（語気鋭く）**ファーッチュアネイーム!?**」

「早川健、さすらいの私立探偵さ」

「ハーウ！　ミスター・ハヤカワのおっしゃるには、ミーのナイフ投げは、二番目だという。それじゃあ日本一は誰なんだ？　ハーウ！」

「ヒューウ、チッチチッチ」

さわやかな笑顔で自分を指さす宮さま。不適に笑うジョー。

「……気にいったぜ、ユー。うぬぼれってなァ、いいもんだ」

「あたしこの場面好き！　ほんと好き！　宮さまカッコよすぎ！」

トトコは早川健にしびれ、宮内洋に恋いこがれた。朝から興奮状態で宮さまを語ることもしばしばだった。こちらの都合にはおかまいなしだ。しかし私は耳を傾けた。特撮でうつ病が治るなら安いものだ。「悪いけどもう一緒にいられない。これから宮さまの家に行って家政婦にしてもらう」と言われた時も、私は聞き流した。ある意味で気楽であった。

その認識は、今にして思えば甘すぎるものだった。

仮面ライダーV3

「ズバット」を見終わると、トトコは「仮面ライダーV3」に移った。主人公の「風見志郎」を演じるのは、もちろん宮さま。**もうどうにもとまらない。**

死神博士に地獄大使。クモ男にハチ女。「仮面ライダー」に出てくる怪人は、主役に劣らぬ有名人が多い。

では「仮面ライダーV3」に登場する有名怪人とは？

かつては少年だった中年男性に聞いてみる。彼らはおそらくこう答えるだろう。

「〝**カメバズーカ**〟だね。亀とバズーカ砲を合体させたやつ」

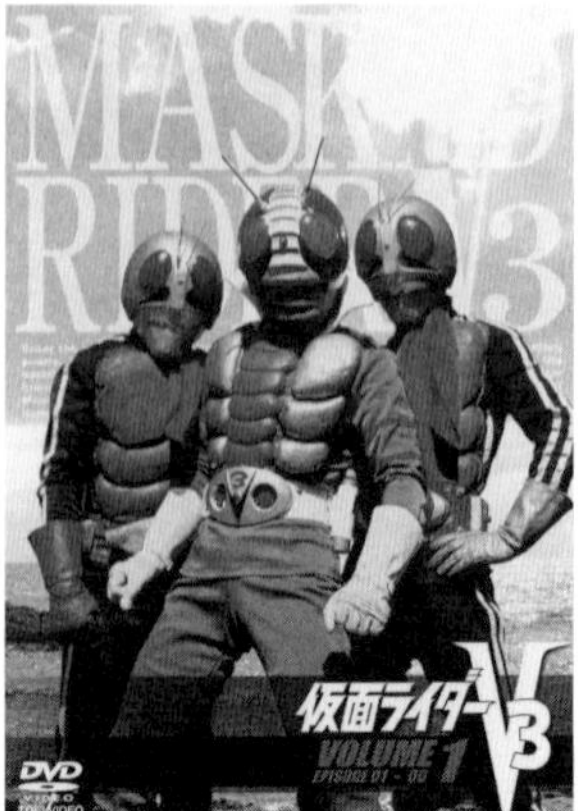

「仮面ライダーV3 VOL.1」
（DVD 発売中 3,990 円〈税込〉、発売元：東映ビデオ、販売元：東映）

カメバズーカ

生物と機械の合体。「V3」の敵組織、デストロンの改造人間には、最先端のサイバネティクス思想が盛りこまれていた。当時としては画期的なアイデアだ。亀の防御力と、バズーカ砲の攻撃力の合体という発想は、幼心にも印象深かった。

……しかしそのほかとなると、サイバネティクス思想も怪しくなった。ヒーターとセミを合体させた「ヒーターセミ」、トンカチとクラゲを合体させた「ハンマークラゲ」など、どうにもそのメリットがわからない。

イカと火炎放射器を合体させた「**イカファイヤー**」に至っては、一歩間違うと自分がイカのぽっぽ焼きになってしまいそうだ。

カメバズーカは「ズーカー!」、テレビバエは「フラ〜イ、フラ〜イ（蝿）」、ジシャクイノシシは「**シャシャシャー!**」と、己の出自にちなんだ鳴き声を発するのもまことに奇妙であった。

ちなみに、イカファイヤーと「田舎っぺ大将」に登場する「西はじめ」は、同じ声

イカファイヤー

優さんが演じている。そんなことが読者にとってきわめてどうでもいい情報であることはよくわかっている。でも書く。

「磁石だからシャシャシャシャーだって。あはははは。シャシャー、シャシャシャシャー！」

恐るべきデストロンの改造人間も、トトコには愉快でへんてこりんな動物に見えているらしかった。

強大な敵、アクション、そして主人公の苦悩。V3はヒーロードラマの王道だ。よって、当然ヒロインも登場する。

V3のヒロイン、珠純子《たまじゅんこ》は、色白でつぶらな瞳、ロングヘアーにミニスカートという、少年たちの願望を絵に描いたような美少女である。トトコにとっては、改造人間などより、このヒロインの方がよほどタチの悪い存在だった。

「志郎さん……」

熱い思いを胸に秘め、純子は風見志郎をじっとみつめる。

「**近寄るなー！**」トトコは叫ぶ。

「あたし、あたし、志郎さんのことを……！」

「それ以上言うなー!!」さらにトトコは叫ぶ。

「何よあのブス、宮さまになれなれしく！　死ね死ね死ね〜！」

トトコは毒づいた。テレビに向かってしゃべる人を、私は久しぶりに見た。

恋のおわり

新幹線が爆破されようが、東京が核攻撃されようが、ストーリーはどうでもいい。宮さまの勇姿が拝めれば、トトコは満足だ。もちろん改造人間などにも興味はない。

しかしなぜかテントウムシとクサリガマを合体させた「**クサリガマテントウ**」だけは妙に気に入った。そんなものを組み合わせて何が楽しいのかさっぱりわからな

いまだにマニア向け雑誌の表紙になるほどの美少女

いが、とにかくクサリガマテントウなのだ。

クサリガマテントウは敵を裏切ったと見せかけ、宮さまに近づく。後ろ手に縛られ、床に転がされたクサリガマテントウを見てトトコは爆笑した。

「あはははは！　縛られてる！　怪人縛られてる！」

クサリガマテントウはすっかり改心した風を装い、宮さまの寝首をかこうとするが、当然ながらことは露見、最後にはライダーキックを食らって大爆発だ。尻に隠した機銃でV3にとどめを差したと思いこんだ時は「ばんざーい、ばんざーい！」と飛び上がって喜んだ。狡猾なのかバカなのかよくわからない。トトコはこの怪人の写真を、ミクシイのプロフィール画像にしたりして喜んだ。

しかし怪人などはあくまで添え物、本命はとにかく宮さまだ。

ある日、寝ては宮さま、覚めてはライダーのトトコにビッグニュースが飛びこんできた。宮内洋の新作DVDが発売されるというのだ。しかも3作同時に。

クサリガマテントウ

タイトルは「宮内洋探検隊シリーズ」。かつて川口浩が一世を風靡した探検隊シリーズ、これを宮内洋がやるというのだ。

これが見らずにおらりょうか。トトコは目の色を変えた。

「え、予告編ってウインドウズでしか見られないのッ。じゃウインドウズマシン買う！　すぐ買う！」

二ヶ月も前に予約を入れ、ＤＶＤの発売を指折り数えた。そしてとうとう待ちに待ったＤＶＤが到着した。タイトルはこの三本だ。

「宮内洋探検隊シリーズ・幻の生物ツチノコを捕らえろ！」

「宮内洋探検隊シリーズ・日本のバミューダ・トライアングルの謎を追え！」

「宮内洋探検隊シリーズ・甲府盆地にＵＦＯの基地があった！」

「やっと見れる〜！　宮さま見れる〜〜〜〜」トトコはいそいそとテレビの前に座った。

サイバーパンク風のゴーグルを装着しているクサリガマテントウだが……

ゴーグルを外すと何だかかわゆいのであった

「何よこれ」

トトコは一本目の作品を見終わるとそう呟いた。

目が暗い。声が暗い。あまつさえ恨みまでこもっていそうだ。私はいたたまれなくなった。

この作品、「宮内洋の探検隊」とかいっておきながら**宮内洋はろくすっぽ出てこない。**名も知らぬアイドルが伊豆かどっかの旅館に泊まり、近所のおばちゃんとかに聞き込みをして、夜空の光点（もろ飛行機）を指さし「あッ、あれはＵＦＯ!?」などと目を見開き、その後にどうなるのかと思ったらそれで終わりなのだ。

宮さま出ない。探検もない。謎解きもない。ついでに言うならアイドルも脱がない。ないないづくしの二四〇〇円（税込み）だ。

往年の宮内洋ファンと、アイドルのファンと、ミステリーファンすべてにアピールしようとして、全てをとりこぼしてしまっている、典型的な企画倒れの作品であった。

「もういい」

トトコはがっくりと肩を落とした。そばにも近寄れぬ空気が漂っていた。トトコは他のＤＶＤを開封しようともしなかった。

あれほど熱中したにもかかわらず、その日を境にトトコはライダーも宮内洋の話もしなくなった。まるで憑き物が落ちたように、ヒーローへの熱狂は**終了した**。

ウツ妻もの申す　その❷

子どものときに見ていた「秘密戦隊ゴレンジャー」が好きで、その中でも「アオレンジャー」役の人がすごくカッコいいと思っていたんです。それが大人になってハマった宮内洋さんだと知って「これは運命だわ！」と思いました（笑）。

特撮ものにハマったのは、今思うと現実に戻りたくない、ファンタジーの世界に浸っていたいという気持ちの表れだったと思います。

ぬいぐるみに癒されたのも通常の自分からは信じられなくて。子どもの頃は普通にぬいぐるみ好きでしたが、大人になってからは特に興味もなかったし、むしろファンシーなものは苦手です。

一番弱って毎日泣いていた時期は、本当に大きなカエルのぬいぐるみが大切で、まるで生きていて、魂が入っているように感じて接していました。

宮内洋演じる主人公の名前が「早川健」というんだけど、一日中テレビから「どうした早川！」「早川、きっさまァ！」とか聞こえてて、何だか落ち着かなかったですな。

第三章

買い物ジャンキー

放蕩三昧

トトコは外出を避けるようになった。

人に会うのがつらい。無理に外に出ると、老人のように疲れ果てる。

行きつけの化粧品店にも行かれなくなった。「最近お見えになりませんでしたが、どうかされましたか？」そう聞かれることが恐ろしかった。

「トトコさまこんにちは！　今セール中です。お近くにお越しの際は、ぜひお立ち寄りくださいね！」

手書きのメッセージが添えられた化粧品店のＤＭはトトコを苦しめた。商店街を通らなくてはならない時は、人混みに隠れ忍者のように店の前を通り過ぎた。

だがなじみの店を避けていたにもかかわらず、この頃からトトコはちょくちょくと出かけては、いくつもの紙袋をぶら下げて帰ってくるようになった。**服やバッグを衝動買いするのだ。**

アクセサリー類も大量に買った。特にお気に入りなのが当時伊勢丹に入っていた「ミリィカレガリ」というブランドで、ふらりと立ち寄っては指輪やネックレスを買った。立ち喰いそば屋のような気軽さだった。

「あなたのトークがお上手だから、あたしそれに対してお金を払うの」

深く頭を下げる店員に、トトコはデヴィ夫人（イメージ）のようなことを言った。しかし買ってくるのは妙に若向けの、キラキラでピカピカなモテ系デザインのものばかりであった。普段からは考えられない趣味である。別人格が憑依したようだった。

買うだけでは飽きたらず、トトコは、ビーズ・アクセサリー作りに凝り始めた。パーツの天然石ビーズ類をネットで購入し、自分で組み上げるのだ。工具類がそろえられ、淡水パールやらターコイズやらスピネルやら、さまざまな素材のビーズ類が山を成した。さらには専門のビーズ教室にまで通い始めた。

「ほーらきれいでしょ」ネックレスや指輪ができあがるとトトコは自慢げに見せた。

「あーいーねーいーねー」私は答えた。

テレビで「編み物貴公子」なる人物を見た途端、いきなり編み物魂も覚醒した。手芸屋に行っては色とりどりの毛糸玉を買いこんだ。「すごい！　たくさん編まれるんですね！」と店員に言われ、トトコはこう答えた。「いえ、初心者です」。

ビーズに編み物にと、トトコはせっせと励んだ。

作品は毎日のように仕上がった。山ほどのアクセサリー、パーツ類、それなりの値になるだろうことは想像に難くなかった。それでも私は寛容だった。

アクセサリーや買い物など、放蕩を重ねることで、ストレスは和らいでいくに違いない。治療の一環となるなら、安い出費だ。私はそう思った。

しかしまさか、**預金が底をつく**までのことになっていようとは、その時は知る由もなかった。

サイエンスの光

「朝からしゃべまくったり、買い物しまくったりで、夫が『興奮しすぎてる気がする』って言ってるんですけど」

さすがに何ごとかを自覚したらしく、トトコは医師に尋ねた。

「薬を増やした時に頭がくらくらしたり、動悸がはげしくなったり、興奮状態になることもありますから、心配には及ばないでしょう」医師は答えた。

「単に薬のせいなんですか？　じゃあ、完全に治るのはいつなんですか」

せっつくようなトトコの質問に、医師は静かに答えたという。

「まずもって、うつ病は風邪が治るように治るわけではないんです。『うつ病が100％治せる』なんて本が出てるようですが、ウソですよ。治るのは85％ですから」

うつ病の治療は、傷や骨折のような直線的な回復ではなく、まずは**「寛解《かんかい》」**することが目標なのだという。「寛解」とは「完治」とは違い、症状をコントロール下におき、消失させることができた状態を指す。

そしてその「寛解」を経て、どこに終着させられるかが、医者の腕なのだという。しかしそのカンカイなるものは、どうにも理解しにくい概念であった。

当時、トトコが服用していた薬は、抗うつ剤の「デプロメール」「アモキサン」、抗不安剤の「リボトリール」、そして「グッドミン」なる睡眠導入剤である。製薬会社のネーミングセンスは、今も昔も変わらない。

ある時、医師の薦めで抗うつ剤を「デプロメール」から「ジェイゾロフト」に換えた。脳の神経伝達物質に作用する新型の抗うつ剤で、副作用も少ないという。

効果は絶大だった。まるで台風一過のようにトトコの頭からは憂鬱が吹き払われた。

次ページで「寛解」についてご説明いたします。
寛解《かんかい》
カイカン？

寛解とは

うつ病は、こんな風に良くなったり戻ったりを繰り返しながら徐々に快方に向かいます。
時間の経過
回復
「心のカゼ」とか言うけど、カゼとはずいぶんちがうですねー。
そして、やがて「寛解」という状態に至ります。
これは「治った」っていう事じゃなく、「症状が出なくなった」ということなんだ。
寛解【名】病気の症状が、一時的あるいは継続的に軽減した状態。または見かけ上消滅した状態。
どうちがうのか全然わかりません
病気が消えた訳ではないけど、症状はコントロールできるようになったってことだよ。
病気に首輪をつけたって感じかな？
くーん
病気を飼うの？エサはどうするの？
そしてこの「寛解」を経て、その後どこに着地させるかが、お医者さんの腕の見せどころです。
以上、カイカンの説明でした。

「空がいきなりぱーっと晴れたみたい……！」トトコは明るい笑顔を見せた。引田天功のイリュージョンを見ているようだった。

私は目を見張った。すばらしい！　すばらしすぎるぞジェイゾロフト！　サイエンスの眩い光に、陰湿なうつ菌どもがちぢれ死にしてゆく光景が脳裡に浮かんだ。

トトコは晴れやかな表情で、久しぶりに料理を始めた。私は偉業をなしとげた男のような気分となり、渋く目をすがめ、青空を見上げた。

それが束の間の梅雨の晴れ間であり、その後に嵐が来ることなど、わかろうはずもなかった。

将来はホームレス

「いつか親も死ぬ。子どももいないし、夫も先に死ぬ。そうしたらあたしは天涯孤独だ。将来は安アパートの独居老人になるんだ。そうしてそこも追い出されて、**ブルーシートで暮らして、万引きして警察に捕まるんだ……**」

トトコは、顔を突っ伏して嗚咽した。

「さびしい、さびしい」

「子ども時代に帰りたい」

朝から泣き通しに泣いた。山の天候のような激変だ。私はおろおろし、背中をさすってやることしかできなかった。

二週間後の診察日。医師の話に、私はがっくりと肩を落とした。薬が合わなかったのだ。

「シナプス間隙におけるセロトニン再取込み阻害剤」なるジェイゾロフトは、副作用のなさが売りだった。だが体質的に合わぬ場合、不安や焦燥感をパワーアップさせてしまうという、**悪い冗談のような作用**があった。

お菓子の袋の中に、一個だけ激辛が混じっているようなものだ。宝くじは当たらないのに、人はなぜかこんなものに限って引き当ててしまう。

よりにもよってトトコは、非ジェイゾロフト体質だったのだ。「マーフィーの法則」なるものを私は苦々しく思い出した。

「……どうしてあたしはフリーなんかになったの。会社にいさえすれば生涯安泰だったのに。年とってもおばさん向けのデザインをやらせてもらえたのに。若くて才能のある人が台頭してきたらあたしになんか仕事はこない……」

ジェイゾロフトの服用が停止されてもなお、トトコの不安はとどまるところを知らなかった。

「努力してまじめにがんばっていれば、必ず願いはかなうって教わってきたのに……みんな失敗だった。あの人もこの人もみんなうまいことやってる。あたしだけ何もない。人生失敗だ……もう取り返しがつかない……」トトコの苦悩は未来ばかりでなく、過去にもさかのぼった。堰《せき》を切ったように、トトコの口から後悔の念があふれ出た。

「あのねえ」眉根を寄せて私は言った。

「今は、会社にいれば安泰なんていう時代じゃないんだよ。ブラック企業なんてのもあるだろ。それに君は『会社なんてダメだ、自分

でクオリティの高い仕事するんだ』って言って、辞めたんじゃないか」

トトコは会社を三度替わっていた。

宮仕えのできぬ性質であった。長いものに巻かれず、面と向かってボスに物申し、ペギラのように職場を凍りつかせたこともあった。ゴマすり、黙従、意味不明の慣習。トトコは、我が国の企業風土にことごとく反発した。

しかしそのトトコの口から、後悔ばかりがあふれ出た。会社はよかった。みんなで和気あいあいと仕事に励めた。今のあたしには話し相手もいない。頼る人も相談相手もいない。お昼を一緒に行く人もいない。スタバで憩うひとときもない……。

脳内会社イメージは、どんどん美化されていった。リストラ、減給、理不尽といった負の側面は、きれいに抜け落ちていた。

「四十歳までに産まなきゃ人生終わりだ……子どものいない夫婦はみんなみじめな人生を送ってる」

退職の後悔に身をよじっていたかと思うと、今度は急に子どもがいないと訴え始めた。

どうして子どもがいないのか。なぜこの歳まで生まなかったのか。一体今まであたしは何をやっていたのか。もう取り返しがつかない。

「人生は失敗した。**夫も先に逝く。子どももいない。将来孤独死だ**」トトコは言い続けた。

「なんで俺が先に死ぬと決まってるんだ」

「統計的に男が先に死ぬから」トトコはそう言って泣いた。我々夫婦に待ち受けているのは、不吉な将来だけなのだった。トトコの口からは、不安と後悔があふれ出た。

「親が死んだら、将来孤独死するんだ……」

「土地を買うのに失敗した。もうあたしの人生終

この頃、「人生の競争に負けた」というような事をよく言っていました
誰と何の競争をしてるわけ？

わった……」

「会社を辞めたのは失敗だ。どんな理不尽も我慢すれば良かったんだ。まともな人生を送るには、会社に入らなきゃ……」

「あたしには才能がない。将来やっていけない。フリーなんて人生の堕ちこぼれだ」

「あの人から年賀状がこなかったのは、もう見限られたって証拠だ……」

「あたしはひとりぼっちだ。さびしい、さびしい、さびしい……」

ウツ妻もの申す　その❸

　この当時のハイテンションぶりは、今考えると自分でも信じられないです。

　躁状態とうつ状態を繰り返していたのですが、躁になると怖いものなしっていうか……（笑）。

　思えば当時は恐ろしいぐらいの買い物ハイの状態でした。着物にもハマっていて、反物やらアンティークの帯やら高価なものも買ったけれどいまだに一度も使わず、箪笥の肥やしになっています（苦笑）。

　医者に相談したら「借金しない程度なら大丈夫」と言われ妙に安心したことを覚えています。

　買い物以外では、掃除をしだすと止まらなくなり、明け方まで家をピカピカに磨いたり、突然思いついて料理をして、祖母の家にわざわざ届けに行ってみたり。ものすごくパワフルになって行動的になるんです。それらが薬の影響だとしたら怖いのですが……。

　医者には「軽躁」と「うつ」を繰り返す「双極性Ⅱ型」という可能性もあるかもしれないが、見極めは難しいと言われました。結果的にはそうではなかったみたいです。

「双極性Ⅱ型」は、いわゆる「躁うつ病」とは違い、軽躁状態の時は絶好調になるものの、非常識な真似はしないそうです。これに対し「双極性Ⅰ型」は、とんでもない行動を起こしたりするといいます。これで有名なのはやはり北杜夫先生ですね。借金重ねて、禁治産宣告をお食らいになられてますからね……。

でも、でも、でも

「私は不妊かもしれない」トトコはそう言い始めた。「Kちゃんも子どもいる。Sさんも子どもいる。MちゃんもNさんもいる。三十五過ぎて子どもがないのは、あたしだけだ。すぐに不妊検査しなきゃ」

ちょっと前までは、あれほど宮さまやアクセサリーに熱中していたのに、今度は不妊である。

「どうしてそんなに悪いことばかり考えるの」義母も驚いて尋ねた。

「フリーで軌道に乗っていたのに、どうしてそんなに会社に恋いこがれるの。突然不妊なんて極端じゃないかな。それに子どものいない夫婦だってたくさんいるし、結婚してない人だってたくさんいるよ？　Oさんだって、Aさんだって、Tさんだってみんな結婚してないじゃない」

未婚の知人の名をあげても「あのひとたちは特別だから関係ないの」とニベもな

い。大多数のひとは普通に子どもがいる、普通にシアワセだ。なのにあたしだけになれない。トトコの主張は頑強だった。

でも実際、三十過ぎたらみんな子どもいるじゃない。私にだけないじゃない。

でも実際、会社行ってる人は、みんな安定した人生じゃない。フリーは落ちこぼれよ。

でも実際、あたしだけバカみてるじゃない。

楽天的な夢追い人に「もっと現実を見ろよ」と諭すのならわかる。だがトトコは、**希望を完全否定**するのだ。何を言っても「でも」とトトコは否定した。自己否定の自己主張。トトコはさまざまな理屈を組み上げ、心配ごとの正当性を強く訴えた。

私は首をひねった。一体、こんなにも弁の立つうつ病があるのだろうか……?

うつ病の本によると、うつ患者は「憂うつで電池切れのような状態になり」「考えもまとまらず、話のテンポも遅くなる」はずなのだ。

しかしトトコは、いかに自分が不幸であるかを滔々《とうとう》と主張し、それを決して曲げなかった。何をどう言っても聞き入れない。

ああ言えばこう言う、こういえばああ言う……私はかつてマスコミを騒がせた「ああ言えば上祐」という人物を思い出した。

医師は、ひとつの考えに固執し続ける「完璧主義的性格」を指摘した。

「子どもの問題にしても、今すぐ産まなければ、という考えだけにとらわれていませんか。たとえば、精子を凍結保存しておくとか、そんなやり方もありますよ」

「でもそれってうまくいくとは限らないですよね!?」トトコは即座に返答した。

「そういう反応こそが、問題なんですよ」医師は言った。

しかし医師の言葉も、トトコの耳には入らぬようだった。**子どもがいないから独居老人になって路上生活をする。**その考えは、トトコの胸をしめつ

ああ言えば上祐と言われたあの人
（写真提供：共同通信社）

け、頭をおさえつけていた。

こういう場合、夫はどう対処すればいいのだろう？　何をどう説得すればいいのか？　思い悩みつつ、夜道を歩いていると**ヤドカリがいた。**

ヤドカリのヤドリー

東京のど真ん中の住宅街だ。ストレスと心労で幻覚でも見ているのだろうか？

しかしそれはまぎれもなくヤドカリだった。小ぶりの丸い貝殻を背負い、アスファルトの上をはいずっている。

周囲を見渡す。どこまでも続く道路と住宅、水場はどこにもない。放っておいたらまず死ぬだろう。

「見なかったことにしちゃおうかな」

ふとそう思った。妻だけでも大変なのだ。ましていわんやヤドカリをや。さらに

は、ムシ一匹に、怪鳥のごとき悲鳴を発するトトコにこんな生き物など見せたら、いかなる騒ぎが勃発するであろうか。

ヤドカリは脚を固く折り畳み、貝殻の中に収まって身動きもしなかった。必死なのだ。しばらく逡巡した末に、私は貝殻を自転車のかごに放りこんだ。

「へーえ」トトコは意外にも、いやな顔をせず、しげしげとヤドカリを眺めた。

調べると「オカヤドカリ」という、陸棲の種であった。生息地は沖縄方面だという。おそらく逃げ出したペットなのだろう。

沖縄に戻してやれないかと、あれこれ調べた。だが詳しい人に聞くと、種類によって生息地もいろいろあり、下手に戻すと遺伝子の撹乱《かくらん》になるからやめたほうがいいという。犬猫ならいざしらず、ヤドカリの里親が見つかるはずもなかった。

私はひとつため息をつくと、水槽を買ってきた。サンゴ砂、温度計、湿度計、流木、日なた水、人工海水、ヒーター、断熱材、たかがヤドカリ一匹に、実にさまざまのものが必要となった。

トトコはヤドカリに、「**ヤドリー**」と名づけた。実に安易である。

はじめはびくびくと殻に潜っていたヤドリーも、そのうち図々しくなった。砂を掘り返し、水浴びをし、ハサミを器用に使って食事した。好物はカレーやパンやポップコーンである。こう説明しても信じない人もいるのだが本当なんだから仕方がない。ニンジンやキュウリを与えても見向きもしない。お前は偏食児童か。

オカヤドカリは木に登る習性がある。

なぜだかはわからない。とにかく登るのだ。木のてっぺんで無防備に眠りこけたり、脚をすべらせ転げ落ちたりするオカヤドカリの姿は、トトコの心を和ませた。

ヤドリーが来たのは、まったくの偶然だった。しかしトトコの寂しさは幾分か和らいだ。物言わぬ甲殻類といえども、ひとりぼっちではなくなったのだ。

「ヤドちん食べてんのー。おいしいの食べてんのー」

ポップコーンを一心に食べるヤドリーに、トトコは乳幼児に接するように話しかけた。

歪む認識

——うつ病は、ストレスや環境の変化によって引き起こされる。脳の神経細胞間の情報阻害が、そのメカニズムとされています。心のカゼ、ありふれた病気です。とにかく薬をきちんと飲んで休むことが肝要です——

うつ病の本には、たいていこんなことが書いてある。

「将来は独居老人だ」と言い張る症状がありふれたものなのだろうか。私は首をひねった。

「ツレうつ」の名で有名になった『ツレがうつになりまして』（細川貂々著、幻冬舎）が、トトコの慰めだった。「あたしと同じ人がいるんだ……」トトコは「ツレうつ」を読み、涙を流した。

そんな折り、私は一冊の本を書店で見つけた。『「うつ」を治す』（PHP新書）というシンプルなタイトルの本で、著者は慶應大学教授で精神科医の、大野裕先生という方である。

ぱらぱらと中身を見て、私は思わず叫んだ。「あッ、これだ！」

本には「**認知療法**」について書かれていた。

うつ病患者は、物事の認知、つまり認識が歪んでしまう。まず極度に悲観的である。例えばテストで一科目に低い点数を取るとそこしか目に入らず、他の科目が高得点でもひたすら嘆く。

そして自己否定的だ。財産があるくせに「もう破産する」などと言い出したりする。さらにはそれが正しいと決めつけ、その考えを頑として曲げようとしない。頑固で融通性に欠ける、つまり頭が固いのだ。

こういったうつ病患者の考え方には、ある特定の「パターーン」があるという。このパターーン化した思考をチャート方式で書き出し、チェックすることよって、ガチガチに固まったパターーン思考をゆるめ、それが元で生み出される苦しい感情を沈静化させる。認知療法は簡単にいえばこういうものだった。

私はこの「うつ病を治す」を皮切りに、様々な認知療法に関する本を読み漁った。

どの本にも、同じようにうつ病患者のパターン化した思考について書かれている。

ではそのパターン思考にはどういうものがあるか。

まず「**選択的抽出**」。過去の失敗やいやなことばかりをわざわざ選んで思い出し、自己卑下の感情に陥る。自分が悪いところばかり見ているとは夢にも思わない。

「**マイナス思考**」。言葉通りだ。コップに水が半分あると「まだ半分残ってる」ではなく「もう半分しか残っていない」と、常に悲観的な見方をする。

「**過剰な一般化**」。たった一つの事柄で全てを決めつけてしまう。ひとつの商品の売り上げが落ちただけで、もう倒産だ、破産だ、などと思いこんでしまうパターン。

「『**すべきである**』**思考**」。何をするにも、これを絶対にやっておかなければならない、こうあらねばならない、といった基準を設け、それ以外の可能性を排除してしまう。

「拡大解釈・過小評価」。悪いところばかりをことさらに重大視して、逆に良いことは過小評価してしまうパターン。

認知療法では、こういった固定化した思考にカウンターをぶつける。つまり「他の考え方ができないか」を試行してみるのだ。すると自分の考えがそれほど絶対的でもないことに気づき、従ってその苦しみも軽減するのだ。

私は唸った。トトコの思考は、まるでパズルのようにこれらのパターンに合致する。これをやれば一〇〇%だった苦しみは、七〇%にまで軽くなるかもしれない。五〇%になるかもしれない。慣れてくれば、どんどんこの値は低くできるはずなのだ。

「この認知療法っての、とってもいいと思うんだ、ちょっとやってみないかい？何、遊びみたいな感じで気軽にさ、ね、ね？」

私は猫なで声で認知療法を薦めた。

「あたし書いたりするのつらいから……」

「いやいやいや、ほんとうに軽い気持ちでさ、さくっとさ、ね？」

「あたし考えるのもつらいし…」

気の進まないトトコをおだて、励まし、懇願し、やっとチェックシートを一枚書かせた。私は勢いこんで尋ねた。

「どうだった？　一〇〇％だった重い気分は何％にまで軽くなった？」

「……一〇〇％」

「君はバカかね!?」

デスラー総統のセリフが口から出かかるのをぐっとこらえ、私はいった。

「そんなことないでしょ～う？　よく考えてごらん、気分はもっと楽になってるはずだよ。ほら……ほうら……」

「わかんない。あたし何にも浮かばない、考えらんないよ」

トトコはそう言ってうつむいた。

トトコの主張は、「認知の歪み」にピタリと当てはまる。まちがいないはずだ。し

トトコのネガティブ思考あれこれ

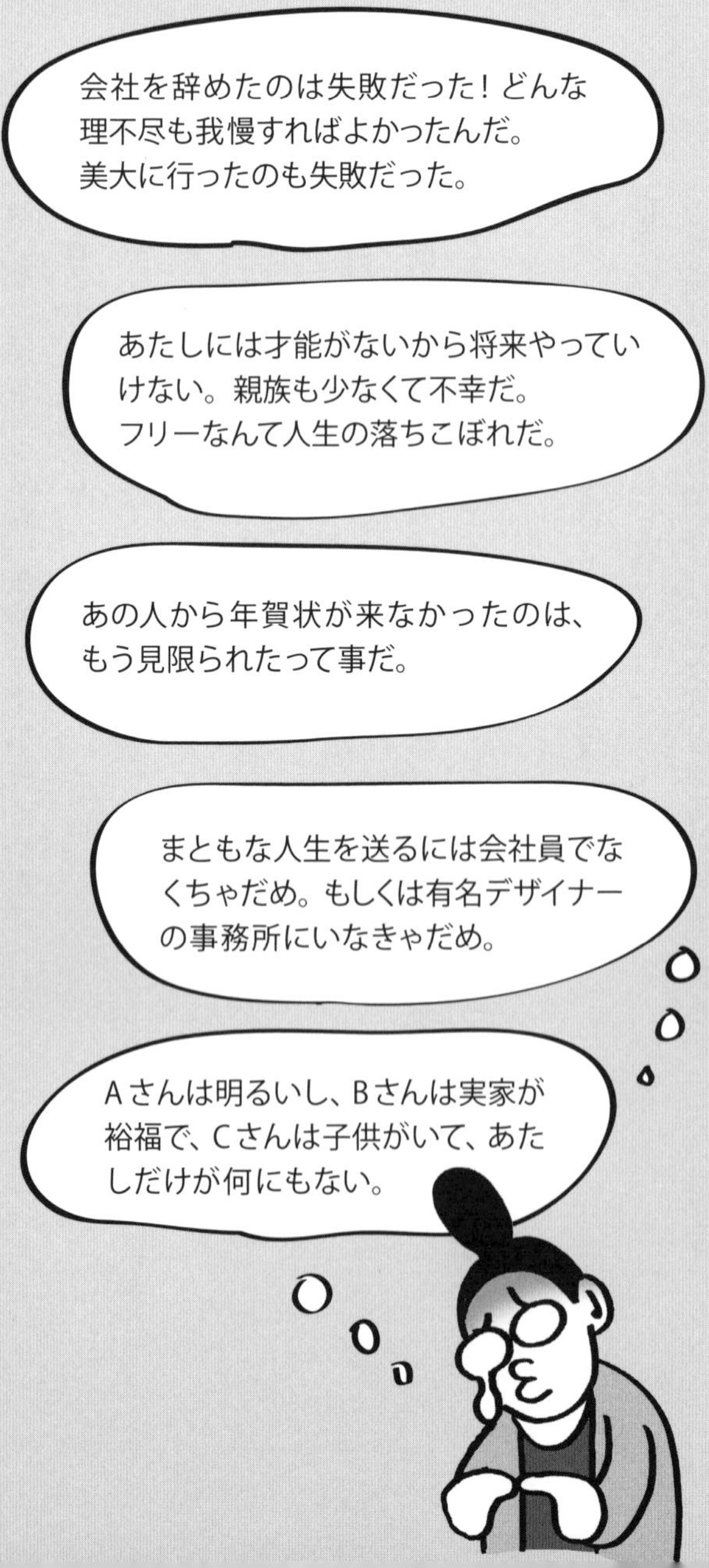
会社を辞めたのは失敗だった！どんな理不尽も我慢すればよかったんだ。美大に行ったのも失敗だった。

あたしには才能がないから将来やっていけない。親族も少なくて不幸だ。フリーなんて人生の落ちこぼれだ。

あの人から年賀状が来なかったのは、もう見限られたって事だ。

まともな人生を送るには会社員でなくちゃだめ。もしくは有名デザイナーの事務所にいなきゃだめ。

Aさんは明るいし、Bさんは実家が裕福で、Cさんは子供がいて、あたしだけが何にもない。

いやな事ばかり選んで思う

選択的抽出

会社を辞めたのは失敗だった！どんな理不尽も我慢すればよかったんだ。
美大に行ったのも失敗だった。

何でも後ろ向きに

マイナス思考

あたしには才能がないから将来やっていけない。親族も少なくて不幸だ。
フリーなんて人生の落ちこぼれだ。

簡単に決めつける

過剰な一般化

あの人から年賀状が来なかったのは、もう見限られたって事だ。

思い込み強すぎる

「すべきである」思考

まともな人生を送るには会社員でなくちゃだめ。もしくは有名デザイナーの事務所にいなきゃだめ。

悪い事ばかり拡大視

拡大解釈・過小評価

Aさんは明るいし、Bさんは実家が裕福で、Cさんは子供がいて、あたしだけが何にもない。

こんな風に物事を捉えてたら、たまらんな…
ママさんかわいそうです

かしなぜうまくいかないのか？　腕を組んで私は歯がみした。

認知療法は確かに有効だ。だがそれをやるには、**タイミング**というものが重要であり、さらにはプロの指導が必要であることも、私は後に知ることになる。

トトコは、認知療法の効能についてクリニックで相談した。

「あれは退屈でしょう」医師はただそう言っただけだという。あまりにもそっけない。しろうとが余計なことをしたのが気に食わないのだろうか。

実際、医師の対応は、この頃からひどく素っ気なくなり始めていたという。二週間に一回の診察がようやく巡ってきたかと思うと診察はわずか数分、しかもいつも忙しそうで、取りつく島もない。

一体、医師はトトコに何を言っているのだろう？　私は疑問に思い始めた。一旦は良くなり始めたように見えたのに、今では以前になかったような強い不安感を訴えてくる。しかも不安は毎日手を変え品を替え、どんどん激しくなってくるではないか。

私はトトコに質問状をもたせた。「家内の不安感は度を越えているように思えます。ひとつの心配事を普通でないほどに拡大してしまっている気がするのですが、どうなのでしょうか？」

帰ってきた答えは「**意味がわからない**」であった。トトコに問いただすと医師はこう言ったのだという。

「出産も、経済も、将来のことも、奥さんの悩みはすべて正しい。男性が大黒柱となり、女性を養うのは当然のことでしょう？」

「質問の答えになってないだろ！　つーか、この封建おやじみたいなご意見は何なの？　何なわけ？」

私は納得出来ずに、ある日トトコの診察に同行し、説明を求めた。医師は「現代の女性のライフサイクル」なるものについて話し始めた。

「女性の人生は、学校を卒業すると『専業主婦型』、『結婚と仕事の両立型』、『非婚型』の三つに分岐すると言われてるんですね。『主婦』を選択した人は、やがて社会からの疎外感に悩むようになる場合が往々にしてあります。『両立』を選んだ人は、仕事も家庭もこなして当たり前だという認識に苦しむ『スーパーウーマン症候群』に陥る危険があります。『非婚』の人は、子どものいない老後について不安を抱く場合もある……こういう具合に、女性はどの選択をしても、『アイデンティティの確立』という問題でストレスを抱え込むことになります。奥さんにはまずこういう点を認識してもらい、自分の悩みについて客観的な視座を得るようにもっていきたかったんですね。患者さんに自分のスタンスを認識してもらう、それが治療の前提となるわけです」

医師はライフサイクルの説明図を前に、うつむき加減で話していたが、ふと顔をあげた。

「……本当はこんな説明なしに、こういうことに奥さんに自力で気づいていただきたかったんですね。それが治療の一環なんです。しかし今日はご主人がいらっしゃった。そうすると私としては奥さんの前でも、こういうことを説明せざるを得ない。そうなるともうこれは、**治療の態をなさなくなるわけです**」

医師の声は穏やかであったが、確実にこう言っているのであった。「**あんたは邪魔だ**」

私は恐縮し、負け犬のごとく尻尾を丸めて引き下がった。だが卑屈にも心の隅ではこう負け惜しんでいるのであった。

「わかりましたよ、私が悪うございましたよ先生。じゃあすべてをお任せしますからきっと治してくださいよね。絶対治してくださいよねえ！」


しかしトトコの不安は、さらに一層強くなっていくようだった。そして今一番「旬」な不安の種といえば、子どもであった。

街角で子連れを見ると、涙が出そうになった。知人からの出産の知らせは、不幸の手紙だった。「**基礎体温**」という言葉が頭を押さえつけた。トトコは毎日、暗い目で体温計をにらんだ。安産お守りを買いに、**奈良の寺に行きたい**とも言い出した。

ある日トトコは、母と一緒にデパートに行った。

エレベーターに乗ると、ベビーカーを押した若い母

赤子ジェットストリーム・アタック

親が入ってきた。トトコはくらくらした。次の階に止まると、またベビーカーが入ってきた。さらにくらくらした。次の階に止まると、またまたベビーカーが入ってきた。赤子のジェットストリーム・アタックにトトコは倒れそうになった。

「赤ちゃんがいないのが、不安の原因ですか？」トトコは医師に聞いた。

「そんなことはないですよ」医師は答えた。それ以上の説明は、ない。

「新しい家族が増えました～」

無邪気な出産お知らせハガキは、つららとなってトトコの胸を差し貫いた。トトコはハガキ片手に泣いた。私はハガキを睨みつけた。

「ズーカー！」

背中のバズーカをぶっぱなす。ファミリーが木っ端微塵に吹き飛ぶ様が脳内で幾度もリピートする。

「ざまあみさらせ、無神経なバカ家族めが」私はすえた目でつぶやいた。

私の精神は確実にすさみ始めていた。

気功心法

「『気功心法』のお教室に通いたい」

ある日トトコは言った。中国医学の観点から不妊の問題に取り組む、一種のセラピーのようなものらしかった。

何だかあやしい気もしたが、好奇心もそそられた。何よりトトコの固い意志を曲げることはできそうになかった。

「あなたは動物で言うと**犬ね**。正直でまじめで融通が利かなくて、警戒心が強くていつもクンクンあたりを嗅ぎ回っているの」

気功心法の先生は、シャキシャキとした日本語でトトコに語りかけた。いきなりトトコの本質を突く言葉が出てきて、私は驚いた。若い頃はアイドルを張ったこともあるという台湾出身の女性で、易五行学を基礎にした「天華流心理風水学」なる学問をおさめた人だという。著書もある。

彼女の論旨は明快だった。女性が「不妊」と思っているものの原因の多くは、肉体的なものでなくメンタル面にあるというのだ。

日本では「肉体年齢による出産年齢の限界」という考えが過剰に信奉されており、また「不妊症」の女性が薬やさまざまな不妊治療に頼った結果、心身に多大なダメージを受けることが少なくないという。

「心と体は不可分のもの」という**「心身一如《しんしんいちにょ》」**の観点から、メンタル面のケアを重視するというのが、先生の考えらしかった。彼女に言わせれば「不妊」と言われているものは、多くの場合、メンタル面の不調からくる**「未妊」**でしかないという。

その話を聞いて、以前「女は産む機械」などと言って非難を浴びた保守系の政治家を思い出した。今の肉体年齢偏重思考も、同じように女性をある種のメカニズムとしてしか捉えていないような気がしないでもない。

そこで私はハタと膝を打った。体を通して心の調整がはかれる、という中国医学。本人は不妊療法のつもりだろうが、どっこい、これは**うつ病への願ってもない心理療法になるのではないか。**

気功心法のお教室、受講料は十五万円で、その他に月一回の漢方薬代が五万円だという。

これで治るなら安い！　安い！　安すぎる！　私は**無理矢理**そう思った。失われた手付金百万のことは頭から追い出した。トトコは気功心法お教室に通い出した。

カウンセリングを受け、気功を習い覚えた。トトコは熱心に太極拳のごとき動作を繰り返した。漢方薬も欠かさず飲んだ。

「出産年齢にとらわれることはないんだって！」

「問題は年齢や体じゃなくて心にあるってことがわかってきた」

トトコは教室から帰ると、興奮気味に語った。

「不安は幻だと自分に言い聞かせよう。不安は現実に存在しないのだから、不安がるのはナンセンス、非現実的な発想です」

「不安な心から生まれる〝不妊の心〟が妊娠を邪魔しているのです」

先生の本には、トトコのために書かれたような言葉もたくさんあった。トトコはうなずいた。荒涼としたトトコの心に、暖かい春の光が差しこんでくるかのようだった。

「四十歳過ぎてから赤ちゃん産む方もたくさんいらっしゃいますよ。お世辞じゃなくトトコさんまだお若いです。絶対大丈夫ですよ。検査もしてないからダメージもないし、ほんとラッキーでした！」

漢方薬の薬剤師さんも、明るくトトコを励ましてくれた。

ドンドンドンドンドンドン！

ある日、風呂のドアが勢いよく叩かれた。私は湯船から飛び上がった。

トトコが顔を出して叫んだ。

「ヤドリーが着替えたァ！」

ヤドカリは成長に伴い、より大きな貝殻を見つけて「引っ越し」をす

ヤドカリ類は成長に伴い、新しい貝殻に「着替え」をする

る。ヤドリーにもその時が来たのだ。ヤドリーは急に別人になったようだった。おニューの貝を背負い、何の不思議があるかといった風情で、すましている。

「ヤドカリって面白いねえ！」

トトコは久しぶりに笑った。中国医学と気功のおかげで、トトコの心はどんどん明るくなっていくようだった。

ジェイゾロフトの一件で、近代医学に不信感を抱いた私にとって、心を重視し、人間の自然治癒力を高めようとする中国医学は、救いの道に思われた。このような医療体系を築いてきた古代中国人に、私は感謝を捧げた。

しかし中国四千年の知恵をもってしても融かせぬほど、トトコの心は頑強であった。

産まねば人生終了

「いつになったら子どもできんのよ」トトコは暗い目をして呟いた。

「四十歳までに産まないと人生終わりよ……。子どもがいないと、**葬式を出してくれる人もいないじゃない。**墓参りに来てくれる人もないじゃない」

不安がぶり返しはじめた。あれほど熱心にやっていた気功体操も、いつしか忘れていた。

「今の漢方薬は効かないかもしれない」

トトコはそう言うと、別の漢方薬局を熱心に調べ始めた。診断に疑いをもち、次から次へと病院を渡り歩くことを「ドクター・ショッピング」というが、トトコは「漢方・ショッピング」になっているように思えた。

肉体よりも精神の問題を、という気功教室の教えも頭から蒸発していくようだった。モニターを凝視するトトコの背に私は語りかけた。

「問題は年齢や肉体じゃないって教わったじゃないか。心配で心を萎縮させることのほうが体に有害だって。〝心身一如〟と聞いただろう」

「ああ、こうしているうちにも時間がどんどん過ぎてくよ……なんでもうこんな年なの。孫も抱かせられないうちに親も死んじゃう……」トトコは泣いた。

ある日の深夜、トトコは腹痛を訴えた。しかし「妊娠してたら、悪い影響がある」と、痛み止めを受けつけない。「いたいいたいいいたいいたい」トトコは床に体を折り曲げ、訴えた。だが頑として薬は飲まない。

「飲め」「飲まない」「飲め！」「飲まない!!」正露丸片手の押し問答が続いた。

唸り、脂汗を流し、それでもトトコは頑として飲まなかった。


「何でもっと早くに産んでおかなかったの。一刻も早く産まないと、人生終わりだ……」

食卓に座ると、トトコは語り出した。日課のようなものだった。

モフが代わってこの苦しみを引き受けてあげたいです…
ホレ こころ落ち着くハーブティーを飲め

癇癪をグッとこらえ、持てる忍耐力を総動員して、懇切丁寧に諭す。

「今は病気で心も体も弱ってるから、出産はまだ荷が重すぎるよ。焦るかもしれないけれど、今はとにかく病気を治して、心も体も健康にして臨もうよ……」

我ながらわかりやすく、明確な説明だった。政治家にも見習ってほしい。

「いいこと聞いた」トトコはうなずき、メモまでとった。わかってくれたか。

夕方まで話して疲れ果てたが、私は胸をなでおろした。

翌日、食卓につくと、トトコは語り始めた。

「何で会社辞めちゃったの。フリーなんか将来がない。人生まちがった。もう取り返しがつかない……」

「フリーになっていい仕事をたくさんやったじゃないか。評価してくれる人も多くいるし、会社が安定なんて時代じゃないよ」私は諄々と諭した。

「いいこと聞いた」トトコはうなずき、メモまでとった。話し込んだ甲斐があった。

「あたしには才能がない。欠陥があるから子どももできない。会社にも年齢制限で入れない。お金も稼げなくて、将来はホームレスばあさん……」

翌日、トトコは再び語り始めた。私は熱弁を振るった。トトコはうなずいた。メモもとった。次の日が来た。

「何でももっと早くに産んでおかなかったの。一刻も早く産まないと、人生終わりだ……」

私は壁を蹴った。気がつくと長らくやめていたタバコも喫っていた。

「タバコはやめてよ。それからお風呂も長く入らないで」

トトコは泣きながら言った。「**精子が死ぬから**」

悪魔の疱疹

「不況が終わらなくて、日本全体が貧乏になったら、が

モフが代わってこのウサを晴らしてあげたいです…
ホレ
高い方の
ウイスキーでも
飲め

んばりようがない……」

「将来引っ越した先に総菜屋がなかったらどうしよう……」

トトコの不安は、国の将来から**総菜屋レベル**まで、きめこまかく展開された。

「自分で不安を生みだし続けてるだけじゃないか！」

「でも実際に就職できない年齢だし、でも実際出産はやばい年齢だし、でも実際……」

「俺の話を聞け！」私はクレイジーケンバンドのように叫んだ。

「その、でも、でもっていうのをやめんか！」

「土地で人生が終わった」↓「不妊だ」↓「親が死ぬ」↓「就職できない」↓「将来はホームレス」。一巡してまた「土地で人生が」

さまざまな不安が入れ替わり立ち替わり、ネタを換えてぐるぐると回った。**不安の回転寿司状**

新鮮な不安のネタが次々と……

態だ。

不安寿司は、新鮮なネタを提供する。その日その時、本人の心にもっとも響く不安のネタを差し出すのだ。

「いつ治るの。いつ治るのよ。もう治らないかも」

不安寿司は病気の不安そのものさえネタにした。ネタがない時は、ただ漠然とした抽象的な不安だけが噴き上がった。

もちろんネタになりそうな情報があると、敵は見逃してくれない。

新聞記事。ニュース。うわさ話に、知人の何気ないひとこと。外界からの刺激に、不安感はにわかに増大した。私はこれを「**不安爆発**」と名づけ、不安の信管に触れぬよう、抜き足差し足の生活を心がけた。

しかし地雷は踏んでしまう。ある日うっかり、ＮＨＫのうつ病特集番組を見てしまった。うつ病をわずらった会社員が、再就職に苦労されているというリポートだった。

「やっぱり、うつ病への偏見はすごいんだ。年齢も高い上にさらにうつ病なんて就職は絶対無理だ。ああ、あたしは落伍者だ。将来は独居老人でブルーシート……」

いつ何がきっかけで不安は爆発するかわからない。そして起こったが最後、トトコの口から不安と後悔が際限なく吐き出された。私はだんだん妻が悪魔に取り憑かれたような気になってきた。

ある日突然、トトコの体にばらまいたような赤い発疹が広がった。医者に行くと「帯状疱疹」だと言う。ストレスが原因らしい。

映画「エクソシスト」に、悪魔に取り憑かれた少女の体に「Help Me」というミミズ腫れが浮き上がるシーンがある。

私はこれを思い出した。背中一面に広がった発疹は、**病魔からのメッセージ**に思えてきた。発疹で「凶」と書かれてたらどうしよう。薬を塗りながら、私はひとりおののいた。

ウツ妻もの申す　その❹

　子どもの頃に、努力して頑張れば願いが叶うと教えられてきました。だから今までは努力してそれなりに結果が出せてきたのに、今回は何をどうしても気持ちが苦しいばかりで、全然思い通りにならなくて、神様を恨みたい気分でしたね（苦笑）。こんなに頑張っているのに……って。

　誰もが理想と現実のギャップに折り合いをつけて生きていると思いますが、当時のわたしは自分で勝手に描いた理想の枠に自分が合わなくて、どうにかしてギャップを埋めようと、もがいていました。そもそも理想どおりの人生を歩めている人がどのぐらいいるのでしょうか？
当時は焦って動けば動くほどすべてが空回りしてつらかったですね。何をやっても駄目な時ってあるんですね。

　しかしあの頃の強烈な不安感は何だったのでしょうか。人間、誰だって不安はありますが、毎日心が押しつぶされてしまいそうな、胸が苦しくなるほどの不安感には本当に苦しみました。

　でも薬でおさえられる不安なんて、そもそも現実には存在しないものなのに……不安は幻だって今なら思えます（妄想ともいう）。

「努力した分、見返りがある」なんて、高度成長時代の神話ですなァ。

温泉ライオンから巨神兵へ

ヤドリーが姿を消した。

「うそ、ヤドリー死んじゃう、うそ、うそうそ」

トトコはうろたえて言った。水槽の隙間から脱走したらしい。家捜ししても見つからない。どこに行ったか見当もつかない。

もはやなすすべもなく、お互いに顔を見合わせた時に、「カン……」と、かすかな音が聞こえた。貝殻が何かにぶつかる音に思えた。

「いたあっ！」トトコが声をあげた。オカヤドカリはどこをどう通ったか、洗濯機の裏側に隠れていたのだ。

オカヤドカリは、のんき者のようでいながら、にわかには信じられないほど巧妙な手段を用いて脱走する。何にも知らぬ甲殻類を装って、実は知的生物なのではないか。私は本気で疑った。

その上、大変な力持ちだ。いったん物をはさむと、ペンチでがっちりはさみこんだように容易に引きはがせない。あの小さな体のどこにと思うような強い力である。洗濯機の金具をはさんだヤドリーを引き剥がすのに、私は大汗をかいた。

トトコが自分の不安をがっちりはさんで放さないのも、ちょうどそれと同じように思えた。

病気の原因は、子どもや就職、土地の問題だ。それらの現実的問題が思惑通りになりさえすれば病気は治る。だからそれを解決しなければならない。それがトトコの考えだった。

しかし、仮にそれらの問題がクリアされても、不安の種は新たに出てくるだろう。物事の捉え方を変えない限り、未来永劫、平穏は訪れない。トトコの考えは、負けのこんだ競馬オヤジが、次のレースで取り返そうと血眼になっているように私には思えた。

現実問題が解決しなければ病気は治らない。だが現実問題は都合よく動かない。だから病気も治らない。**負の無限ループ**に、トトコは苦悩した。

「私はやっぱり崖っぷちだ。背水の陣だ」トトコは主張した。トトコは病魔の囁きばかりに耳を傾けているように思えた。「不安こそが病気の根元だ」という亭主の言葉には、一切耳を貸そうとしなかった。

「どうして会社辞めたの」「どうして不安定な作家なんかになったのよ」

そう責められた。朝から、からみ酒のようだった。

トトコはいつも不安を吐き出していた。

最初は温泉ライオンのようなものだった。

やがてそれはマーライオンとなった

不安はどんどんパワーアップし、強大になり、ついには巨神兵のごときものとなった。

限界だ。

温泉ライオン

マーライオン

無理だ。もう耐えられん。一緒にいたらこちらまでおかしくなってしまう。トトコは泣いて俯き、私は頭を抱えた。どちらを向いても袋小路、四方八方が手詰まりになったその時、二人の耳に慈母のごとき声が聞こえた。

「帰ってらっしゃい」

義母が見かねて助け舟を出してくれたのだ。私の言うことには耳を貸さぬトトコだったが、母の説得には悄然としてうなずいた。母は強しである。

トトコは実家で過ごすことになった。私は胸を撫で下ろした。これでトトコは日中も一人きりで過ごすことはなくなる。私も安心して仕事ができる。

だが、家族に囲まれて食事をとっても、子どもの頃使っていた懐かしい部屋で寝起きしても、不安はやっぱり襲っ

巨神兵

てきた。何を見ても、何を聞いても、すべてが不安に直結してしまうのだ。父が諭し、母が慰め、弟が説教しても、トトコの不安は梅雨前線のようにガンと根を張って動かなかった。

実の母の、何気ないひと言さえにも胸をえぐられるように感じた。親を驚かさないように必死に耐えたが、こらえきれなくなると、トトコは窓を開け、庭を眺める振りをして泣いた。誰にも悟られぬようにさりげなく隣室に行っては、声を殺して涙した。

「もうどうしてあげたらいいかわからないよ……」

毎日嘆く娘を見て、母も泣いた。二人は抱き合ってただただ、泣いた。

トトコはそのまま実家で過ごした。秋が過ぎ、冬が過ぎ、翌年の春になってトトコはようやく帰ってきた。八ヶ月間が過ぎていた。

待望のモフリン2巻!!　特殊歌謡でレッツラゴン!!

さて
夜も更けたし
出かけると
しよう
ドキドキワクワク
よし、じゃあこの辺で
一発かまして
みっか!
サイン
ねだられたら
どうしよう…
♪猫が
甘えて
くるのよ
♪
♪ニャオ ニャオ ニャオ ニャオ♪
猫がアンアン♪
来るのよ
♪
♪ニャオ ニャオ
ニャオ♪
……
……
ぜんぜん
ウケないね
それどころか存在を
認識すらされてない
ようだぞオレたち…
モフはやっぱり
ミュージさんには
なれないのかな…
何、これは
事前調査にすぎん
これからが本番だよ
おう
変わった流しが
来たな
えー流しで
ございます
三つで五百円で
ございます
五木ひろしの
「ふるさと」を
たのむよ
あーあー、そういう
のはできません
曲はこのリストから
選んでください

何々…
マリア四郎の「もだえ」、
大門弓子の
「どうだっていいわ」、
鈴江京子の
「モナリザ仁義」…
特殊歌謡
ばかりじゃ
ないか
じゃあ、よく
わからんが
この「相棒」っての
たのむよ
へいっ
まいど
ジャラーン
相棒よ〜♪
お前との友情は
変わらない
共に戦い
共に飲んだ
あの時の歌
今もこの胸に
♪
……
……
くすん
いや
すまんな…
昔の
相棒のことを
ふいに
思い出し
ちまってね…

過労で
死んじまったんだ
ばかなやつさ…
はいお代
歌、
良かったぜ…
まあッ
かわいい流しさん！
あたしたちの
お店でも
歌って
ちょうだいな
ハイッ
バタン
うふふ
かわいい…
♪
きょーおの
お米の
カドミウムー
♪
すべすべ
してんのね
♪何だって
いいの…ど
うだってい
いの♪父ちゃん
うそばついたァ
お願いいれえてえ
おへや〜の中に
海は冷たいな〜
うおう♪
うおうう
おう…
ギュウギュウ
スナッキー!!
うおぅうおぅうおぅ
うおぅうおぅ
スナッキー♪

東京ア・ゴー・ゴー!!
レッツゴヤーング!!
チュンチュン
LOVE
BAR
愛
チュンチュン
つ、疲れた…
モフもう限界…
ヨロ〜
ちょっと一晩中どこいってたのよ
もダメ…
ポテ
パフ
ZZZ
グー…グー…
ZZZ
Mフラット
いやーゆうべは得難い体験をしたな
めくるめくカンノーの世界でした…
まあオレらの音楽性も一部で通用することがわかったし次は武道館か!頼むぜ、相棒
ワッハハ
でもモフはほんとにデバくんの相棒っていえるのかな…
モフはデバくんに教わるばっかり…
デバくんに与えるものが何もないです…
?
ピョーン
相棒よ〜♪お前との友情は変わらない〜♪
うわーちょっぴり照れるけどうれしいな

第四章

ほとけとブラックホール

ありがたい言葉で攻める

もう仏におすがりするぞ。私は思った。

『いきなりはじめる仏教生活』（釈徹宗著、バジリコ）なる本を手にしたのがきっかけだった。「仏教とは何か」をわかりやすく解説した本なのだが、この内容が、うつ病や不安に苦しむ我々にとって一筋の光明、最適の処方箋になると思えたのだ。

言われてみると、我々は仏教のことなど何も知らない。仏教マニアの外人の方がよほどよく知っている。

人間の苦しみがどのように生まれるか、そのメカニズムを自覚し、克服するための手法を実践する宗教、それが仏教なのだという。

自分の認識と現実が一致していれば、我々は満足だ。そりゃそうだ。金持ちにななりたくて金持ちになれれば幸せだ。出世したくて出世できれば幸せだ。美形であれば

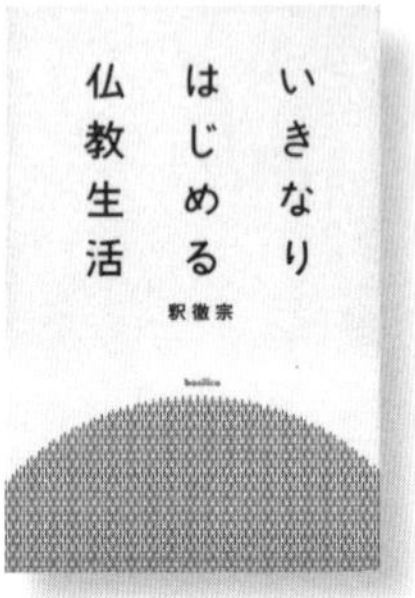

人気者であれば幸せだ。

しかし現実はつれない。金はないし、不細工だし、出世するのは隣のご主人だ。幸せになるにはこうでなくてはならない。満足するにはこうでなくちゃならない。**「こうでなければ」**という認識は、常に我々を苦しめる。

我々の言う「現実」とは、ありのままのものでなく「こうでなければ」という「枠組み」を通して見た歪んだ認識である。

無用か有用か、損か得か、敵か味方か。**その人がもつ「枠組み」は強力に固定化されている。**そしてその「枠組み」を通して認識する現実と、ありのままの現実は、月とジャガイモほどにもちがう。

認識に柔軟性がなくなり、「枠組み」が強固になるほど、苦しみは強くなる。

「自分の都合」が苦悩を生み出していることを知れ。

認識と現実の関係を分析せよ。そして何が苦しみを生み出

人は自分の
「枠組み」を通して現実を見る

しているのかを自覚せよ。ブッダの教えは簡単に言うとそういうことらしい。

自覚！　認識！

私は本から顔を上げて叫んだ。それこそがまさにキーワードなのではないか。そういえば、ここでいう「枠組み」は認知療法でいう「認知の歪み」と実によく似ているではないか。たしかにトトコはすぐに「でも現実的には」と口にする。その「現実」なるものは、トトコの脳内に頑として居据わっている「こうでなければ」という偏光フィルターを通した、いわばフィクションなのだ。ネガティブに歪んだ擬似現実なのだ！

「自覚！　認識！」私は叫んだ。

トトコはぼんやりと私を見た。その日から、トトコに本を読み聞かせる毎日が始まった。

この頃は仏教書ばかり読み聞かせてましたね
初期仏教は宗教というより心の科学である

「苦を生み出す原因の中でも、特に主要な三つを仏教では〈三毒〉といいます。そのうちのひとつが〈貪欲〉、つまり過剰な欲望のことです……」

私は辛抱強く本を読み聞かせた。他の仏教書も買ってきて読み聞かせた。

しだいにトトコは落ち着いてゆき、うなずいた。「そうよね、そうだよね」私はほっとひと息つく。

「病気になることが自体が不幸なのではありません。歳をとること自体が不幸なのではありません。問題は我々の心の状態なのです……人間は物事を『こうあって欲しい』というフィルターを通してみているのです……」

私はＮＨＫのアナウンサーのような口調で読んだ。トトコは静かに聞いている。いい調子だ。

「思考や妄想は役に立つものではなく、過去の思い出か将来に対する夢です。現在のことではありません……過去か将来の思考のために時間を食われてしまい、『今』をおろそかにしてしまっているのです……無駄な『思考』は莫大なエネルギーの消費です……」

スマナサーラ長老の著書『自分を変える気づきの瞑想法』（サンガ）を、私は静かに読んだ。トトコは黙って聞いている。ありがたいほとけの言葉が、胸にしみわたっているかのようだった。明くる朝、トトコはこう言った。

「崖っぷちよ。背水の陣よ」 翌日にはすべてが忘れさられ、また同じ主張が繰り返された。

私は髪をかきむしった。トトコの胸にはブラックホールがあるかのようだった。

光さえも脱出不可能なブラックホールの超重力に、仏の後光もすべて吸い込まれていくようだった。

セカンドオピニオンやってません

心療内科は、いつ行っても満員御礼状態だった。予約していているにもかかわらず二時間も待たされ、診察は五分もたたぬうちに終わってしまう。患者は増える一方らしく、クリニックへは単に薬を取りにいっているような状態となった。

診察時間が短くなる一方、抗うつ剤の量はどんどん増えていくようだった。

「主治医の他に、別の医師の意見を聞くこともひとつの方法です」うつ病の本にはそう書いてあった。

治療について、医師によって見解が異なる場合もある。主治医以外の「セカンドオピニオン」も、選択肢として視野にいれるのもいいでしょう。

そうだ。セカンド・ドクターに意見を聞こう！　別の展望が開けるにちがいない。

私はあちこちの診療所に電話した。

すべて断られた。

「うちはセカンドやってないんで……」どのクリニックもそう言うのだ。「うちは大盛りやってないんで……」と言うそば屋がたまにあるが、どういうつもりなのだろう。単に多く盛ればいいだけではないか。しかしこちらの方はもっとわからない。何だって断るのか。医は仁術じゃないのか。

私は受話器を叩きつけて叫んだ。「『セカンド・ドクターの意見を聞きましょう』って書いてあるじゃねえか！　ちゃんと本に書いてあるじゃねえか！」

トトコは診察の後に、カウンセラーと話をすることもあった。カウンセラーに相談してみよう。孤立無援の私はそう思った。

「患者さん以外の方は受けつけておりませんので……」

断られた。何で断るのだ。しかし私は粘ってなんとか取り次いでもらった。他に相談できる場所はないのだ。

その年輩の女性は、カウンセラーというより手芸教室のおばさんという風情だった。彼女は私の話をうなずきながら聞いた。

「こういう人に対して、家族はどう対処したらいいんでしょう？」私は問いかけた。

「認知症の老人に話しかけるように、『そういうことで悩んでいるんだね』って言ってあげたらいいんじゃないですか」カウンセラーは答えた。相手の不安を肯定していいのだろうか。私は首をひねった。そのうち時間がきてしまった。

「もう一度ご相談にうかがってもいいですか」私は聞いた。やんわりと、だがキッパリと断られた。だから何で断るのだ。いぶかしむ私に彼女は言った。

「話してみてどうですか。胸がすっきりしたんじゃないですか？」

私はそこではじめて、自分が患者の一種と認識されていたことを悟った。

たよりは医師だけだった。しかし診察の様子はわからない。実に歯がゆい。いっそ盗聴装置でもしかけてやろうかと思っていたある日、私は驚愕するようなことをトトコから聞かされた。

「あの先生、うつ病になっちゃったみたい……」

ミイラ取りがミイラ

医師は、ある時期から元気をなくしていったのだという。

覇気がない。表情もうつろで、会話も低調だ。質問をしても黙ったまま。おかしいと思っていると、本棚から医学書をとりだし、ぼそぼそと読み聞かせたという。

「あんな専門用語の羅列聞かされても、わかんないよ……」トトコは不満げに呟いた。

ミイラ取りがミイラにという。しかし心療内科の医師がうつ病などということがあるのだろうか？　別の病気ではないか？　しかしトトコは「うつ病としか思えない」と「診断」した。

医師の言葉数はどんどん少なくなり、診察時間はさらに短縮、とうとう診察を休むようになった。

代わりに来たのは、駆け出しと思える若い医師だった。

「箸にも棒にもかかんないわよ。二週間待たされてあれなの！」

帰ってくるなりトトコは不満をぶちまけた。

「引き継ぎもなってないし、医者としての最低限のコミュニケーション能力もないじゃない。そもそもあんな学校出たてのぺーぺーを患者に接しさせちゃだめなのよ」

トトコは滔々《とうとう》と述べたてた。他人の批判だけは的確なトトコであった。

その次に来た臨時の医師は、若い女医だった。きびきびとした物言いで、きっぷのいいアネゴといった風である。

「あたし、あの先生がいい」

トトコは名前をたよりにネットで女医の居所を探り当てた。遠方の人だった。「あの先生じゃなきゃ、あたしの病気は治らない」トトコは肩を落として呟いた。

病気の医師が、患者を回復させられるのだろうか。不安の回転寿司はますますその回転速度を早め、巨大化し、ついには鳴門の渦潮のようになった。

私は**子泣きじじい**に抱きつかれたようだった。抱き上げると石地蔵のように重くなるあの妖怪だ。泣き叫ぶ声は耳を聾さんばかりになり、離すこともふりほどくこともできない。このままではどうにかなってしまいそうだった。

「よそはみんな幸せを手にいれているのに、あたしだけにない」トトコは主張した。

「あたしはもう治ってる。治ってるのに、なんであれもこれもしちゃいけないって言うのよ！」

「うるさい！　そんなことばっか言ってんだったら、もう勝手にひとりで生きろ！　俺は知らん！」私は癇癪をおこした。

口論と諍《いさか》いはいつ果てるともなく続いた。

夫、カウンセリングを受ける

「まずご主人が参ってしまわないようにね……。かなり精神的疲労がたまってるようにお見受けできます」

カウンセラー女史はこちらを見据えて言った。私は思わずソファの上でかしこまった。

炎天下をとぼとぼと歩いた。道路にかげろうがゆらいでいる。向かう先はメンタルヘルスのケアを行っているという民間の相談所であった。

手詰まり感があった。どうしていいのか皆目見当がつかない。このままでは自分までおかしくなってしまうのではないか？　私は悩んだ末に、ついに自らがカウンセリングを受けることを決めたのだった。ご相談料は一回につき一万円。高いとは思わなかった。ほかに相談できるところはない。助言をもらえる人もいないのだ。

小ぎれいなデザイナーズ・マンションの一室、ソファに腰をおろして待っていると、カウンセラーが現れた。年輩の女性で、専門は社会不安障害、家族関係調整だという。

「ううん、なるほど難しい方のようですね」

ことの次第を訴えると、カウンセラー女史は腕を組んで考えこんだ。私はここぞとばかりに、自分がいかなる理不尽に見舞われているかを滔々と訴えた。

「見たところ、ご主人にも相当の精神的疲労がたまっているようですねえ……ストレスの兆候があるみたいです。よく寝られますか？　食欲は？」

カウンセラーは、バインダー片手に様々な質問をした。プロの目から見ると、私にも何か尋常でないものが感じられるらしい。答えているうちに、だんだん自分がテレビ人生相談に出てくる、悩める妻のような気がしてきた。「※音声は変調してあります」という字幕が出てきそうだ。冷静に答えているつもりでも、私の言いたいことは結局**「何で俺がこんな目に！」**という怒りと嘆きなのであった。

「患者さんの言動にあまり振り回されないようにしてください。そうしないとこちらが参ってしまいます。ある程度、距離をもって接するように。それと今通ってらっしゃるクリニックのことなんですけど」

カウンセラーは手元にメモに目をやり、眉をひそめて言った。「医師の対応はどうもおかしいようですね」

やはり、そうなのだろうか。私は思わず身構えた。

「『患者本人の許諾がないと、家族の相談を受けない』と言われたんですよね。それ

は普通ないですね。患者とは別に家族と面談したりとか、医師のほうで計らってくれるはずです。それに、ずっと通ってらして上向いてきた感じもしないんですよね？　今の状況を好転させるには、思い切って**転院**、という選択肢もあると思います」

たしかに医師の対応には疑問があった。しかし医者を変えるという発想は、今の今までとんと浮かばなかった。そんなことをしても大丈夫なのだろうか。

「ひとつご紹介できる病院があります。確かなところです。でも」と、カウンセラーは言った。

「ちょっと懸念するのはね、心療内科ではなく精神科なんですよ。奥さんは嫌がるんじゃないかしら」

「精神科なんていや、絶対、いや!!」

トトコの声が耳に聞こえた気がした。激しい拒否反応が容易に想像できた。

思いもよらぬ転院という選択肢。私は考え込んだ。しかも精神科。トトコは激しく拒むだろう。さらにことはそう簡単でもないらしい。

「主治医から転院先へ、**紹介状**を書いてもらう必要があるんですよ」

何だってそんな面倒なものが。私はいぶかしんだ。「あなたはどうも信用がならないので、他の医者に替えます。ついては紹介状を書いてください」と言わなくてはならないのか？

さらには、今、たしかな病院はどこも定員オーバー気味なのだという。この病院も、患者を受け入れすぎると診察がおろそかになるため、患者数を制限しているらしい。診察を受けたくとも、入れないかもしれないのだ。病気になったら医者にかかれるのは当たり前と思っていた私は、急に自分が未開の地に生きているような気になった。

それにしても、今の日本にはそんなにもたくさんのメンタル系患者がいるのだろうか？　心療内科クリニックの待合室にいた若者たちがふと思い浮かんだ。

転院のことで私が思い悩んでいるころ、トトコは**「年齢の壁」**にぶち当たっていた。

トトコは毎日モニタにかじりついていた。就職先を探していたのだ。さまざまな就職サイトに登録し、送られてくる情報を欠かさずチェックする。就職さえすれば。会社にさえ入れれば。その一心であった。

だが「年齢制限」という高く厚い城壁が、トトコを拒んでいた。

「早く仕事に戻らなきゃ、忘れられる、みんなに置いてかれる」

「ああ、でもこの会社は三十歳までだって。こっちは二十五歳までじゃない。どうして、どうして年齢制限なんてあんのよ。もう会社には入れない。終わりだよ……」

トトコはモニタの前でうなだれた。年齢制限という条項は、トトコには人生失格の烙印のように感じられた。自分だけが社会からつまはじきだ。自分だけが不安定なまだ。目の前で幸せの門がピシャリと閉ざされるような思いだった。こんな様子を見ると、こちらの言葉は耳に入らないと知ってはいるものの、やはり言わずにはいられない。

「君の仕事を邪魔してるのは病気じゃないか。まずそれを治すことを考えようよ。そんな状態でいきなり就職だなんて……ランナーが骨折してそのまま走るわけにいかないだろ？　まずしっかり怪我を治して、それからだろう？」

「あたしもう時間ないんだから。会社入んなきゃだめなんだから」

「だーから無理だって。それよりまず治さなきゃ。実はいい病院の話を聞き込んでさ」

「何よそれ」

「いや、非常に信頼のおける病院で、今よりずっときちんと診てもらえるところらしいんだ。今は三分診察みたいな感じだろ？　そこはとても丁寧に診てくれるらしいよ。ただ、あの、精神科なんだよね」

「精神科!?」トトコは目を剥くと言った。

「精神科なんていや、絶対、いや!!」

取りつく島もなかった。トトコは悲痛な調子で訴えた。

「あたし就職活動しなきゃいけないのに、出産準備もしなきゃいけないのに、そんなとこ絶対いや。あたしもう病気なんかじゃない。とっくに治ってる。**治ってるんだから！**」

診察室偵察

案の定トトコは激しく拒否した。かといって、今の診察にも不満たらたらであった。クリニックから帰ってくると、トトコは医師を舌鋒《ぜっぽう》鋭く指弾した。

「医者っていうのはね、患者からの信頼感を得られるような態度でないとだめなのよ。あの先生は初心を忘れてるんじゃない」

他人の批判だけは、毎度実に的確なトトコであった。

偵察が必要だ、と私は思った。

実際、医師の様子はどうなのか。本当に医者がうつ病なんてことがあるのだろうか？

私は「家族の病状の相談」を名目に面会を申し込んだ。さすがにこれは拒否されなかった。義母も一緒です、というのが効いたのかもしれない。

二人でクリニックを訪れた、我々は医師の話に耳を傾ける振りをして、目を医師の一挙手一投足に向けていた。

医師の目は死んでいた。トトコの言う通りだった。動作は緩慢で覇気がなく、何を聞いても医学書を引っ張りだして見せてくるだけ。声には抑揚もなくまるで機械のようだ。「お通夜のロボット」という言葉が頭に浮かんだ。医師が医学書を読み上げている最中、義母はチラチラと私の顔を盗み見た。

「ちょっとあれは、もうとんでもない」

クリニックを出ると、義母は言った。その言葉には「あんな人に娘をずっと診させてたんですか」という含みがあるように思われ、私はいたたまれないような気持ちになった。しかし医者がこんな風になるなど、誰に予測できようか？

何としても転院させなければ。ことは愁眉《しゅうび》の急だった。しかし本人にはそんな意識はない。そもそも治療が必要などとも思っていない。

「まあここはひとつ焦らずに、治療に専念したらどうかな？　ちゃんとした病院行って治療に専念すればさ、結果的に早く治ると思うんだけど」

「トトコ、あんた就職したってそんなんじゃ働けないでしょ。きちんとしたところでちゃんと治して、それからだって遅くないじゃない」

私と義母は、にわかに説得工作を開始した。トトコはもちろん意に介さない。

「何言ってんの、そんなことしてたらますます年齢上がっちゃうじゃない。そしたらもう求人なんかないじゃない」

何を言っても、トトコの考えは大岩のごとく微動だにしなかった。

「会社の年齢制限もあるし、さらには出産準備も始めなきゃいけないし、あたしほんと時間ないの！　精神科の病院に行けなんて、一体何言ってんの？　冗談じゃないよ」

しかしわれわれは根気強く、粘り強く説得を続けた。あまりにしつこいので、トトコは**「夫と母が共謀して私をどうにかしようとしている」**などと思っているらしかった。トトコは主張した。

「でも実際、世間の幸せからはずれてるじゃない」

「でも実際、将来の保証もないじゃない」

「でも実際、中途半端な才能しかないじゃない。だから就職しなきゃ」

私はある時思った。この主張の矛盾を突き、ことごとく論破すればトトコは目が覚めるのではないか。トトコの「自分には仕事の才能がない」という頑強な主張に、私は執拗に反論してみた。

「才能がないってんなら、どうして指名で何度も仕事がくるんだ？」

「才能がないって、どうやったらわかるんだ？　計ったことでもあんのか？」

私は弁舌の限りを尽くし、完璧に論破したと思った。どうだ。グウの音も出まい。

熱弁をふるって相手を肯定するという議論は、よく考えたらおかしいのだが、その時は頭に血が昇っているので何も感じないのだった。

「君はできる人なんだ！　才能あるんだよ！　有能なんだ！　**何でそれがわかんねえんだよこのやろう！**　いいかげんにしろ！」私は声を荒げて相手をリスペクトした。

「でも」トトコは言った。

「有名デザイナーのSさんはデビューしてすぐ雑誌が取材に来てるもん。私にはこないもん。だからあたしは才能ない。将来はお金もなく独居老人……」

これがコントだったらいかりやが出てきて「ダメだこりゃ」というところである。だが実際には、私は青筋をたてて、拳を震わせるだけだった。

「だいたい精神科なんてヤバイじゃない。あんなのアブナイ人たちがくるところだよ。あんなところへ人を行かそうっていうわけ。絶対いや。絶対行かないから！」

「精神科」というたび、トトコは眉をひそめた。嫌悪も露わだった。トトコが「精神科」に抱いているのは、大昔の無知と偏見にまみれたそれ、「きちがい病院」のイメージであったのだ。

昔はこんなイメージをもってる人も少なくなかったようです…
無知と偏見は人類の大敵である

ウツ妻もの申す　その❺

　わたしは有名な先生のデザイン事務所に在籍していたことがあり、早く先生みたいになりたい、ならなきゃ……という焦りがあったと思います。でも全然足下にも及ばないのが歯がゆくて悔しくて……。

　昔の同期の子なんかも、大手の会社で働いていたり、第一線で活躍していてデザイン雑誌なんかで特集されていたりして。それに比べて自分は何なんだ……と焦ってばかりいましたね。

　でも今は自分なりに自分の立ち位置で続けられればいいかなぁ、と思えるようになりました。そもそも人と比較することじゃないんだって気づきました。

あのデザイン誌「余計な特集しやがって」と思ったけど、もうなくなっちゃいました。

白衣の菩薩

はじめて精神科の門をくぐった日、トトコは泣いて帰ってきた。

説得には半年間を要した。少しずつトトコの考えは変わり始めた。私と義母が代わる代わるかき口説いたせいもあったろうが、心療内科への不満も溜まっていたのだ。二週間も待たされて診察はわずか数分、医師はますます無愛想に、とりつく島もない風情だった。だがそれでも実際に転院することを考えるとトトコは悲嘆にくれた。

「いい話をいっぱいしてくれたのに、こんなにもあたしを支えてくれたのに、もうあの先生に会えないなんて……やめたくない、いつまでもここに通いたいよ……」

ようやく転院を決意させた時、私はもうそれだけで何かが解決したような気がした。しかし実際は、始まりに過ぎない。

心療内科で最後の診察を受けた時、医師はいつになく優しく見えたという。トトコは身も世もなく泣いた。クリニックを出て、駅についてもまだ泣いていた。

「ほら、もうさよならしたんだから……」

私は壁に手をついてトトコの耳元に話しかけた。乗客たちが眼中になしといった様子で、足早に通り過ぎていく。だが我々の姿は、別れ話がこじれた二人として目の端に確実に捉えられていたと思う。

「精神科」の文字を見る度に、トトコはひるんだ。だが何としても治りたいという思いはトトコにもあったのはたしかだ。トトコはもてる勇気を振り絞って、断崖から飛び込むような覚悟で、精神科の診察を受けに出かけた。

だが初日からつまずいた。

「待合室にすごい暗くて重そうな人がいた……。あんな人、心療内科にはいなかった……。ああいう人とあたし同じなんだ」トトコは肩を震わせ、暗い顔で呟いた。

「あたしも堕ちるところまで堕ちた……」

私は頭を抱えた。ひとりで行かせるんじゃなかった。大失敗だ。次の週から、万全の体勢で臨もうと私は決意した。

「もう人として終わった……」ぐったりとして呟くトトコを義母と二人で両脇から支え、囚人を護送するように病院に送り迎えした。

しかし弱っているようでも、**口だけは元気に弱音を吐き続ける。**

「うちは親族も少ないから、みんな死んだら誰も頼る人がいないよ……。孫も抱かせられないうちに親は死ぬ、親も子どももいないなんて人生終わりだよ……。子どものいない人はみんなみじめな人生送ってるよ。あたしもそうなるんだ。かろうじて仕事で認められてたのに、今はそれもできない。生きる価値もない。あたしなんている意味もない……」

精神科の医師はこの道のベテランで、女性であった。だが「口八丁のうつ病患者」はそんなプロをも驚かせた。お話を伺いたいというと、彼女は普通に診察室に招き入れてくれた。「個人情報云々」などとは言わない。

「うつ病にしては不安が尋常でないですね。普通、うつ病患

者はこんなに話さないものなんですけど、奥さんは非常に頭も回るし、あたしが口をはさめないほどによくしゃべります……」

医師の診断は、それまでにないものだった。

「極度に不安が拡大した、うつの中でも**特殊**なものといっていいかもしれません」

医師の言葉には厳しいものがあった。私は思わず身を正した。

「難しいかもしれませんね」

診察は週に一回となった。私と義母はトトコをせっせと送り迎えした。

それまでトトコが飲んでいた抗うつ剤の量に、医師は驚いた。抗うつ剤が抑えられ、代わりに抗不安薬が処方された。

薬の種類が変えられ、組み合わせが変えられた。合わぬと見るや、すぐさま別の方策が検討された。今までとは違うやり方だった。診察には十分な時間が取られ、話はわかりやすく、対処は合理的だった。

「こんなとこに通ってるなんて誰にも言えない……」

それでも、トトコは毎日のように泣いて苦しんだ。「精神科」の三文字がトトコの胸を締め付けた。

だが、女性の医師ということでの話しやすさ、丁寧な診察、頼もしい対処の仕方に、トトコも次第に信頼を寄せ始めた。

「第二のお母さんって感じ」トトコはある日、そう言った。トトコの心が、薄皮を剥がすように次第に解けていくのが感じられた。

しかしそれでも不安は定期便のように、空襲のようにやってくる。どこまでこいつは執拗なのだろう。

私にはこの病気が**毒の花**に思えた。心配の土壌に根付き、不安を養分として毒々しいうつの花を咲かせ、さらなる不安の種をまき散らす魔性の植物。そして滅多な事では枯れたりしない。植物は時としてコンクリートを割り、鉄骨をねじ曲げるほど強力である。

ある日トトコは医師に聞いた。

「『不安を極端に拡大視してる』って主人は言ってるんですが、それは本当ですか……？」

先生はこう諭したという。

「それが本当かどうかはさておき、ここまでしてくれるご主人はそうそういませんよ。ご主人はあなたを理解しようとこれだけやってるってことが、あなたにはちゃんと伝わっているのかしら？」

私は病院に向かって合掌した。白衣の菩薩だ。ほとけは寺でなく、診察室にいたのだ。ほとけの援軍を得た気分でトトコに諭した。

「どんなにリアリティがあっても、心配事はすべて病気が生み出しているんだよ。それを信じちゃあダメだってば」

「あたし病気じゃない。就職しなきゃいけないし、もう出産も年齢的にも危ないんだから。それをやんなきゃな

不安の土壌に強力に根を張るうつの花

んないの。今しかないの。人を病人扱いしないでよ」

私のまごころの説諭にも、トトコは不愉快そうに顔をそむけるばかりであった。

「あまり本人に病気だ、病気だと言わないほうがいいかもしれません。ご本人の心配は、当然の部分もあります。心配でしょうけど、ご主人が支えてあげてください」

しかし、ご主人の二の腕はぷるぷると震え、今にも折れそうであった。

現実の心配から不安になるのではなく…。
心そのものが「不安モード」になるって事かな

自分が変わる

むかーしむかし、ある村に、えらく仲の悪い嫁と姑がおった。

嫁は毎日姑にいじめられ、たいそう苦しんでおった。

「和尚さん、わしはもう耐えられん。いっそ姑を殺してやりたい」

嫁は涙ながらに訴えた。

「ならひとつ、やってみるか」

和尚は声をひそめ、嫁に粉薬をそっと手わたした。

「めしに混ぜて、ひそかに飲ませるのじゃ。心の臓がよわり、姑は一年後には死ぬじゃろう。だが、どうせ死ぬのじゃ。これから一年間は、何をされても文句を言わず、姑の言うことを聞いてやれ」

嫁はいわれた通りにした。毎日の膳に薬を盛り、姑のいうことには何ひとつ逆らわんようになった。

するとどうじゃろう。姑の様子が、少うしずつ、かわってきた。だんだんとやさしくなってきたんじゃ。

ある日のこと、嫁が膳をさげようとすると、姑がおずおずと一枚の着物をさしだした。

「おまえにと思うて縫うたんじゃが……はてさて似合うかのう」

がっしゃーん！

嫁は膳を取り落とし、はだしで寺へと駆けこんだ。

「和尚さん、和尚さん、わしは取り返しのつかんことをしてしもうた。わしはバチあたりのおおばか者じゃあ……」

泣きじゃくる嫁に和尚は言う。「泣かんでもよい。姑は死にゃあせん。わしがわたしたのは、ほうれ、うどん粉じゃ」

和尚は二人の仲をとりもつため、嫁にいっぱい食わしたのだった。それ以来、嫁と姑は仲むつまじゅう、暮らしたんだと。

「相手を変えようとしちゃだめなんですね。相手を変えるというより、むしろ自分の方が変わるぐらいの考えでないとだめなんです」

セラピストの言葉に、私は子どもの時分に見た「まんが日本むかしばなし」のエピソードを思い出した。

自分が変わらなければ、人も変わらない。

うつ病患者を抱えた家族は、どうすればいいのか。

さまざまな本を読み漁った。しかし、うつ病患者に関する本は数あれど、うつ病患者の家族に関する本はほとんどなかった。もちろん能弁なうつ患者への対処法なども ない。

しかし溺れる者はわらをもつかむ。私はついにインターネットであるセラピストを探し当てた。うつ病患者でなく、「うつ患者を抱える家族」を専門にサポートしてくれるという。そしてこのセラピストご自身の「うつ病家族」としての経験に心理療法を取り入れた「うつ家族セラピー」を実践されているのだそうだ。

「患者さんの業績をほめるんじゃないんです。事実関係の整合性を求めるんでもない。本人の気持ちを拾ってあげて、そこに耳を傾けることが大事なんですね」セラピストはそう言った。

思えば、私は相手を説き伏せることしか頭になかった。トトコは何もしていなかったわけではない。もともと真面目な性格だ。「うつ病ノート」を書いて自己分析を試み、心に響く明言を書きつらねた。「明けない夜はない」そう言って自分を元気づけた。医師の言葉も書きとめた。本の内容も書き写した。何とかして心を落ち着かせようともがいていた。

しかし気分の変調は否応なく、人をさらう離岸流のようにトトコを沈鬱の暗い海に引き込んでしまう。

「一体何を言ってるんだ！」私はトトコの主張をタワゴトと切って捨てていた。だがそれは、深く冷たい不安の海でもがき苦しむ者の悲鳴でもあった。

私は溺れる妻に、助かる方法を説明しようとするばかりで、手を差し伸べようとはしなかったのだ。

「言葉以外の、心の声を拾ってあげましょう」セラピストは言った。

「患者さんの業績をほめるんじゃないんです。事実関係の整合性を求めるのでもありません。どうか本人のきもち、こころを拾ってあげてください」

そう言われると、私のやってきたことはいつもまるで正反対だった。

「つらいよね……」

必要なのはこの一言だ。「正しいのはこういう方法だよ」と諭すことでない。相手はアドバイスが欲しいわけではない。問題点を洗い出したいわけではない。ただ、聞いてほしいのだ。

そうだ、私がまちがっていた。何より大切な家族、愛する妻を助けたい。そのためには聞き役に徹しよう。トトコの不安も、心配も、苦しみも、すべてこの手に受け止め、この胸で抱きとめてやろうではないか！

ぬぁーんつってよう。 そんな風に素直にできたら苦労はねーよな。

私は椅子にふんぞり返ってひとりごちた。私は何がいやかといって、とにかく人の話を聞かされるのが何よりも嫌いという利己的で偏狭な男なのであった。

冗談じゃねえぜ。またあの繰り言を朝から晩まで聞かされるぐらいだったら、頭からウンコでもかぶったほうがましだぜ！ あーうぜー。超うぜー。かーっぺっ！

デバ君倒れる!! スリルと恐怖の医療巨編、モフリン3巻!!

ほ〜へ〜
えーん デバくんどうしたの しっかりしてー
つらい だるい苦しい
どど どうしよう
オロオロ
はら ひれ ほろ
そうだ! こういう時は たしか…
こういう場合は、お近くの心療内科で診察を…
シンリョナイカに連れてって デバくんをみてもらうです えーと、電話は…
シン…シンリョ… モフは漢字が 苦手ですー
デバくん ホラお医者に いきましょう
ほえあ〜
さあさ デバくん シンリョ ナイカ ですよ
うんうん ありがとう、でも ここ診療内科…
モフ?
心霊内科
診療時間
午前9時-12時
午後3時-6時
保険適用
…じゃなくて 心霊内科って かいてある んだけど
まあ似たような ものですよ モフにおまかせあれ
大丈夫かよ…
ギィ。。
あのー予約 してたモフです
あーはい 承ってますよ モフさんね
ひいい

すぐ先生がおよびしますから少しおまちくださいね
はいどうも
お次の方どうぞー
はーい
俺帰る帰る
あわわわ
はーい、初診の方ですねー、今日はどうされました？
こんにちは
それはご心配でしたでしょうねえ
相棒のデバくんがかくかくしかじか…
デバさん、最近は体調はいかがでした？食欲は？　疲れは？ちゃんと眠れてますか？
ストレスはありますか？…ふむふむなるほど
ふうむ、どうもお友だちは軽い自律神経失調症のようですね…
いえいえ、大丈夫ご心配にはおよびませんよ！
これは不規則な生活やストレスなどで起こる神経のちょっとした乱れなんです！
治療には、整体や指圧、音楽療法やアロマなども効くんですよ！
お日様ををあびながらウオーキングなど、適度な運動も大事ですね、それと…
心にゆとりをもって前向きの気分をたもちましょう！
いちおうお薬も出しておきますが、なに、すぐよくなりますよ！
よかったー
明るいおはなし聞けてモフも安心しましたー
は、話は明るいけどビジュアルとぜんぜんあってないぞ

何かあったら きてくださいね お大事に
どうもです
ナマダブ ナマダブ…
親切な先生で よかったね、デパくん！
モフよ… ある意味 みなおしたぞ
数日後
デパ君が すぐよくなって くれてほっと したです
いやー何とかな
あの先生のこと あちこちで紹介 しようかしらん…
ハハハ
コワイけど 名医ですってか？
最近、気分が すぐれなくて ストレスで、神経で…
あ、そうだ
とっても いい先生が いるですよ
はあ？心霊内科？ いやよそんな うさんくさいのは
名医です ホレあれが 証拠
ふんっ
ふんっ
うーん 実証例を みせられ るとね
というわけで きてみたけど 何か怖いわ
いやいや 怖くない 怖くない…
すいませーん 初めてなんですが…
怖くない 怖くない怖くない… 怖くない怖くない…

はーい
今日はどう
されましたか?
ひいいッ!
やっぱり
怖い!!
完

第五章

脱皮

浮上

もう長い間、人に会っていなかった。

だが昔の恩師から個展の案内が来た時、トトコは出かけてみる気になった。

人との出会いは不思議なものだ。思いも寄らぬ人と、思いも寄らぬところで再会を果たすことがある。様々な偶然が重なり、トトコは昔の恩師の所在を知った。懐かしさが胸にこみあげてきた。

その人は絵描きであった。絵筆一徹、ひたすら自分の絵を追い求め、描き続けてきた人だ。結婚も就職もしていない。

「**自己卑下するのが、君の大きな欠点だな**」

二十年ぶりに会った恩師は、昔のように率直にトトコに言った。長いこと会っていなかったにもかかわらず、恩師はトトコのことをよく覚えていた。それどころか、長所も短所も把握していてくれた。

トトコの目はにじんだ。

先生は、トトコの学生時代から変わらずひとつのことを貫いている。好きな絵を描き続け、腕を上げ、アメリカで展覧会もやったという。

自分も昔は先生のように考えていたはずだ。志があった。好きな道にも進めた。それなのに、なぜ自分は「幸せがない」と嘆いているのか。トトコは恩師が描き上げた絵を前に、自問した。

「出産や仕事のことが心配なのは女性として当然のことね。とてもよくわかるわ。でもあなた、優先順位を間違えてるわよ。今は病気を治すことが第一よ。そこを理解せずに、支えてくれる家族に甘えては、それこそ取り返しのつかないことになるわよ」

医師はトトコにそう言ったという。

出産、就職、将来、仕事。トトコの話は際限がなかった。聞き続けていると、エネルギーが吸い取られていくようだ。汲めども尽きぬ不安の泉。太平洋の水をひしゃくですくっている気がしてきた。

しかしトトコの不安は、現実的なものだ。「宇宙人が攻めてくるかも」などという妄想があるわけではない。将来、病、経済。不安は誰の心にもある。そして誰もがそれと折り合いをつけて暮らしている。

しかしその不安が極度に拡大されると、にわかにそれは暗い奔流となって本人を、さらには家族をも押し流してしまう。

私はセラピストの言に従って、その不安に耳を傾けるようにした。**すぐにうんざりした。**繰り言の無限ループに、癇癪の虫が疼きだす。

「うんうん、ほんとうに苦しいよねえ、わかる、わかるよ……」

私はうなずきつつ、テーブルの下では高速の貧乏ゆすりをしていた。白鳥は優雅に見えても水面下はアレなのだ。

「医師やカウンセラーは、聞き役をこなせるんですね。あくまで仕事だし、患者と一日中接するわけではないですから。

だけど、ご家族はそういうわけにはいきませんよね。無制限に聞き出すと、キリがなくなっちゃうんですよ。話は時間を区切って聞いてあげてください。〝今日はもうここまで、これ以上聞くとこちらがつらいんだ〟と、ご本人にちゃんと伝えてあげてください。そうしないと共倒れになってしまうんですよ」

セラピストはこうも助言してくれていた。うつ患者の言うことに一日中つきあっていたら、こちらの神経が参ってしまう。「時間を区切る」という方法は、ありがたかった。

「自分の心配ごとには正当性がある」という信念が、トトコには根強くあった。「目から鱗」というが、実際には自分の考えが根底からひっくりかえることなど、滅多にない。

だが恩師との出会いは、社会的な成功や安定など眼中になく、ひたすら己の道を歩み続けてきた人のと再会は、トトコの心に小さいが確実な変化をもたらした。トトコの態度は少しずつ変わってきた。不安は、薄紙を剥がすように少しずつ、少しずつ和らいでいくようだった。

ある日、トトコはいつもと同じに不安語りをはじめた。が「**おっと、また言っちゃった**」といって話をやめた。

私はハッとした。トトコが初めて、自分の不安を客観的に見た瞬間だった。

だーいじょーぶ、だーいじょーぶ

「あなた最初に来た頃と比べると別人のようね！　この一週間で数ヶ月分の進歩よ。あたしは今日、今までで一番嬉しいわ」

医師は目を細めた。土色だったトトコの顔に、徐々に生気が蘇ってきた。

「あなた、その人に感謝しなきゃねえ」恩師と会った時のことを話すと、先生は喜んだ。自力で物事をポジティブに考えるようにはなれないのではないか。医師は、トトコのあまりの頑固さに、そんな危惧も抱いていたらしい。

トトコも努力はしていた。気分の浮き沈みをノートに克明に書いて、客観視しよう

と努めた。何とか明るい気持ちになりたいと、ヨガやベリーダンスの教室にも行ってみた。だが気分はやはり沈鬱なままだった。だいたいノートにいくら書いてもつらくて読み返せないし、ダンスをしても手かせ足かせがついているようだ。

だがここに来てようやく風向きが変わり始めた。

「話を聞いてくれてありがとう」

ある日トトコの口からそんな言葉が出た。私は頭の中に一陣の風が吹いたように感じた。

抗不安剤も功を奏し始めたようだった。トトコの気分は次第に落ち着いていった。ヒリヒリとしていた腫れ物が、沈静化していくようだった。トトコの体質にあった、薬の量と組み合わせがようやく定まったらしかった。気がつくと、ごく普通の会話をごく普通に交わしていた。

それにしても不思議なことだ。脳や神経というハードウエアの具合が、こんなにも人の気分を変えてしまうのである。

脳に電極を差して刺激することで、人間の感情はコントロールできると聞いたことがある。現実が人を苦しませるのではなく、ハードウェアのはたらきで、人は泣きも笑いもするのだ。トトコは首をかしげた。

「薬のせいでこんなに変わるなら、不安もやっぱり幻みたいなもんなのかな……」

しかし医師はこう言った。

「薬でおさえてるだけじゃないですよ。良くなってるの。あなたが良くなっているのよ」

医師の診断。正しい薬の処方。恩師との再会。家族の支え。本人の病を抜け出したいという気持ち。何がどう作用したかはわからない。おそらく全てが関係しているのだろう。トトコの心は、春に氷が溶け出すように、少しずつ緩んできた。

ここらで何かもう一押ししなければ。私は一計を案じ「大丈夫」「問題ない」などと大書した紙を、居間といわずトイレといわず、ベタベタと貼りつけた。視覚を通し、無意識にポジティブ思考をしみ通らせることができるのではないかと考えたのだ。なんちゃってサブリミナル効果である。

やがて張り紙は家中に増えた。客が来ると大慌てではずした。こんなことに果たして意味があるのか、確証は全くない。だがとにかく理屈と論理で対抗するのは、やめたのだ。

私はトトコの手を取って唱えた。

「だーいじょーぶ、だーいじょーぶ」

いい年こいたおゆうぎのようだった。我ながら恥ずかしい、ばかばかしい、外聞悪い、みっともない。だが、何とか説き伏せようと悪戦苦闘していた頃からは、ずっと穏やかな空気が流れていた。

不安が消え始めた。ここが肝心だ。今こそ療養に専念させ、回復をはかるのだ。

しかし人生とは往々にして間が悪い。こんな慎重を要すべき時期に、トトコに仕事の依頼がきてしまった。

「だめだ、断ろう」と私は受話器をもちあげた。

「受けさせてほしい」受話器をおさえてトトコは言った。

「あなた、今仕事して大丈夫なの？」医師は難色を示した。私も及び腰だった。時期尚早なのではないか。せっかく希望の芽がふいてきたのに、またストレスを受けていつかのように苦しむことになるのではないか。また真っ白なモニタの前で、頭を抱えることになるのではないか。

しかしトトコの決意に変わりはなかった。

「あたしやってみたい。これをこなせれば自信が取り戻せると思うの」

怪しい「シアワセ」

気がつくと三年がたっていた。

あまりにも早すぎる。光陰矢のごとしどころではない。超音速機のごとしだ。マイホームの夢はついえた。印税さまは家賃と税金で、いつしか砂像のように、消えていった。

禍福はあざなえる縄のごとし。人間万事塞翁が馬。本が売れ、ようやく家賃生活を脱出できると思ったとたん、つるりと手は滑り、崖から転落した。谷底には「不安」の沼気が漂っていた。

「不安」はガン細胞のように増殖し、心を疲弊させる。束の間の平穏でさえ見逃してくれない。「不安」は目ざとく見つけて容赦なく取り立てる。「不安」と心配の多重債務に、心は疲れ果てる。それでも許してくれない。

私は、「不安」というものについて考え続けた。

芥川龍之介の自殺の理由が「何か僕の将来に対する唯ぼんやりした不安」だったというのは有名な話である。

夏目漱石は「人間の不安は科学の発展から来る」と書いた。

大昔、例えば江戸時代や室町時代に「不安」はあったのだろうか。「心配」はあっても「不安」はなかった気がする。例えば「方丈記」や「枕草紙」に「漠然とした心の不安」などについての記述があっただろうか……？　井原西鶴や近松門左衛門は不安について何か書いたのだろうか？

漱石の考えからすると、不安は文明の発達と共に蔓延してきたといえる。言われてみると、電気製品がいくら進化し、ネットが発達しても、心は平穏さからどんどん遠ざかる気がする。以前、現代人の生活はハツカネズミの回し車に例えられたが、それは平成の世でも全く変わらない。むしろ、回し車の速度はさらに早くなっている。

我々は常に追い立てられ、競争し、将来のことを案じ続けねばならない。最近の若者は、すでに老後のことを考えているという。こんな暮らしの中では、むしろ不安がない方がおかしいとも思える。

ウイリアム・S・バロウズは「言語は宇宙から来たウイルス」だと言った。それにならうと、不安もどこか別次元から来たウイルス、しかもかなり悪性のものに思えてくる。

では実際、不安はどこからやってくるのだろうか。私は風呂につかりながらぼんやりと考えた。

エアコンの広告が怪しいのではないだろうか。

エアコンや住宅の広告には、幸せそうなご家族が登場する。真面目そうなお父さんに、若くてきれいなお母さん。家は大きく美しく、子どもたちはかわいらしく、リビングには高そうな犬までいる。

「※写真はイメージです」は、了解済みだ。しかしその「イメージ」はいつの間にか人々の心に侵入し「これが幸せの標準ですよ。これからはずれてるとやばいですよ」というメッセージを発信し続けているのではないか。

シアワセですか。シアワセになるには。シアワセになりましょう。世の中にはこんなメッセージがあふれているようだ。「シアワセ」は、おおむね「経済的余裕」という言葉と同義語になっている。そして他人ばかりがそれを手にしているようだ。

保険屋だか広告代理店だかが考えた「**人生設計**」なる言葉も、人生があたかもプランニングに沿って進行するかのごとき錯覚を与える。

幸福の図（※写真はイメージです）

三十三歳までに結婚して子どもは二人。郊外に家を買って、週末には畑なんかやりたいな。贅沢はいらないけど、妻と車であちこち旅行したいんですよ。いくつになっても遊び心をもってなきゃね。

一見、つつましやかに見える人生設計も、よく考えると自分の都合ばかりだ。そして気づかぬうちにそれは、シアワセの絶対要件と化してゆく。

「これだけは譲れない」「最低限あれが必要」「ここだけはおさえとかないと！」

こういった**シアワセの絶対国防圏**を設定した時から、おそらく不安は始まる。得られないことへの不安、失うことへの不安、プラン通りにいかない不安……。

「絶対に失敗したくない、絶対に後悔したくない、だからまちがいのないようにしておかなくては。絶対に、絶対に」

将来のシアワセを確保すべく、絶対に「正解」を選択をしなければならない。誤れば不幸になる。トトコの苦しみの源泉は、この重圧にあった。

だが、無限にも広がる未来の選択肢の中で、安心確実なものだけをつかもうとするなど、幻想である。未来は何がどう転ぶかわからない。

しかし世間には、未来を担保できそうな言葉があふれている。将来設計、ライフプラン、人生計画。知らないと損をする何とか。安心確実なかんとか。今からでも遅くない。お早めのご検討を。

健康、老後、美容、教育、その他その他。不安をビジネスの種とする「**不安産業**」は、星の数ほどある。テレビをつければ愉快なキャラや美少女たちが、笑顔で不安をあおってくる。

現在、日本のうつ病患者は十五人に一人とも言われる。二〇一一年に、厚生労働省は、がん・脳卒中・心筋梗塞・糖尿病の四大疾病にうつ病を含む精神疾患を加え「五大疾病」とすると発表した。うつ病は押しも押されもしない、立派な国民病となったのだ。

うつ病にかぎらず、心の病は想像以上に広がっているようだ。私のさして広くもない交際範囲を見渡しただけでも、うつ病をはじめ、パニック障害、PTSD、統合失調症、摂食障害など、さまざまな問題を抱えたひとたちがいる。

こういった精神疾患の土壌には、無数の不安や心配があるのだろう。そしてその不安の影には、死ね死ね団のように暗躍する不安産業があるのではなかろうか……？

いやいや、のぼせて考えすぎた。私はざぶんと、とはいかず、恥じらう娘のようにしずしずと風呂桶をまたいだ。二度とギックリ腰はごめんだ。

脱皮

「ほら、これどうよ」トトコは仕上がったパッケージを私に見せた。

トトコが受けた仕事は、大きな足がかりとなった。

トトコは仕事に復帰した。

「次につなげなければ。一二〇％の結果を出さなければ」

以前のトトコは、毎度追いつめられるような気分で仕事をしていた。それはシアワセのゴールにタッチダウンをきめるべく、猛然とダッシュしているかのようだった。

明日の成功のために。明日のシアワセのために。

しかし今大事なのは将来ではなく、「**今**」であることに我々は気づいた。

十年後を案じて暮らしていたら、十年後に後ろを振り返っても、ただひたすら未来におびえる自分がいるだけだ。トトコは言った。

「『自分の失敗も、すべてギャグだと思えばいい』って思ったの。西原理恵子のマンガみたいに」

私はそれを聞いて水木しげるのこんな話を思い出した。

旅人が何もない真っ暗な道を、ひとりでとぼとぼと歩いている。すると道に一冊のマンガが落ちている。

旅人はそばの石に腰をおろし、マンガを読み始める。読んでいくうちに主人公に感情移入し、笑ったり泣いたりする。

やがて旅人はマンガを読み終え「あー面白かった」と呟き、またもとの通りに真っ暗な道を進み始める。

水木しげる先生の言によると、**人生とはこの一冊のマンガなのだという**。我々は、人生の主役は当然自分だと思っているので、不幸や困難にぶち当たると、嘆き悲しみ、苦悩する。だが、このように人生を達観することができれば、さぞ苦しみも減ることだろう。自分の人生を「ひとごと」のように見られれば、怖いことはなくなる。

トトコは自分を客観視できるまでになっていた。そして私と義母の護衛がなくても、ひとりで病院に通えるようになった。

ふと見ると、あれほど怖かった待合室の患者も、ごく普通の人たちであったことに気づく。そして皆、同じような苦しみを抱えているのだ。

私はたまに付き添って病院に行った。

ある時、待合室で受付に食ってかかる女性を見かけた。病院の対応に不満があるらしい。

「でもあたしの気持ちわかってくれてない」「でもあたしはイヤなの」「でも」「でも」女性は言い続けた。

「おい、昔の誰かさんみたいだな」私はトトコに囁いた。

トトコは苦笑いを浮かべた。

不安は完全に収まったわけではない。たまに、間歇泉《かんけつせん》のように噴き上がることがある。

そんな時、私はトトコの胸に手をあて唱えた。

「……将来を案じちゃだめだ、未来を案じるんじゃなくて今を考えるんだ……将来のために生きてるんじゃない、大事なのは、今、今、今だ……今の積み重ねが将来になるんだ、将来を遠めがねで見つめなければ不安は生まれない、不安はない、不安はない、不安はなーい……」

おんたたぎゃとおどはんぱやそわか……。私の言葉は、レインボーマンの呪文のようだった。以前のトトコだったら「レインボーマンの呪文みたいだ!」とはしゃいだことだろう。だがトトコは、レインボーマンのことを忘れ果てているようだった。ズバットも、V3のことも、まったく口にしなくなった。

おそらくヒーローたちは、うつ病と戦うために現れ、そして役割を終えて去っていったのだろう。

だが脳の片隅には、かすかな記憶の断片が残っていたらしい。ある時、トトコは突然「シャシャシャー！」とジシャクイノシシの物まねをした。

「何だそれは」と尋ねると、トトコは答えた。

「何か、こういうのいたよね。**何だっけ？**」

ヒーローたちは戦うために来たが、ヤドカリはおそらく癒すために来てくれたのだろう。その後ヤドリーは脱走もせず静かに暮らしていた。私が留守の間、家にはトトコとヤドリーの二人きりだ。

だがある日、異変が起こった。水槽を覗くと、ヤドリーのはさみや脚がバラバラになって散らばっていたのだ。

「ヤドリー死んじゃった……」トトコは手で口を覆った。

「脱皮したんだ」私は言った。

エビやカニなどと同様、オカヤドカリは古い殻を脱ぎ捨てて成長する。脱皮したての体は柔らかく、脱皮に失敗したり、外敵に襲われたりすればその時点で人生は終わりだ。脱皮は命がけの行為なのだ。

貝殻から、脱げ変わったばかりの真新しい脚がのぞいている。それはうっすらと白く、ちょうどキンツバのような色あいをしていた。脱皮は成功したようだった。

「すごいねえ、命がけだったねえ」

トトコは新生ヤドリーに話しかけ、そして明るい声で言った。

「あたしも脱皮しなくちゃ！」

アニマル効果

私は、トトコを散歩に連れ出すようにした。

精神を安定させる働きをもつ、脳内物質のセロトニンは、日光を浴びることで分泌が活発になるのだそうだ。日照不足は、うつ病の遠因とも言われている。だがそれまでは、散歩どころではなかったのだ。

つらつらと話しつつ、ぶらぶらと歩いた。小腹がへると、和菓子屋で買い食いした。

「ほれ、ヤドリー」私は買ったキンツバを見せた。

「ほんとそっくり」トトコは言った。

川べりのカモをぼんやりと眺め、野良猫にうさんくさい目で眺められた。ビッグ・イベントもお洒落スポットもないが、穏やかであった。

「これってひょっとしてシアワセかも」トトコはふと呟いた。

ある日、散歩の途中にふらりとペット屋に立ち寄った。子犬が三万七千円で売られていた。

トトコは子犬を抱きしめ、そのまま離さなくなった。「この子を連れて帰る」といって聞かない。また頑固さが表れたのか。しかし我が家は賃貸、動物の飼育は無理だ。

日も暮れ、閉店時間も近づいた。ようやくトトコを犬から引きはがし、ひきずるように家に連れ帰った。

「明日になったら売れちゃうかも。よその子になっちゃうかも」

トトコは未練がましく言った。私はまた癇癪を起こしそうになった。何と言っても無理なのだ。「ほら、ここにも書いてある」私は賃貸契約書を引っ張り出した。そこには「第二十七条　犬猫類、鳥の飼育を禁止」と記されていた。

トトコは肩を落とした。しかしその時私は、あることを思い出しかけていた。

しばらくして、私は小さな箱をぶらさげて帰宅した。

「ケーキ？　イチゴのやつ？」箱をのぞきこむトトコに、私は言った。

「ケーキじゃなくて、おともだちだ」

ふたを開けた。箱の中には、小さい仔ウサギがうずくまっていた。

「うそッ、うそッ」トトコは叫んだ。

人間とペットの間に生まれるきずなは、心身に好影響を与え、ストレス解消につながるという。その「アニマル・セラピー」の効能は、医学的にも認められているのだそうだ。

「アニマル・セラピー」のことは、一番最初に買った、役に立たぬと思っていた、うつ病の本に書いてあったことだった。

気にも留めていなかった。しかし子犬を抱いて放さぬトトコを見て、私はそのことをひょいと思い出した。ヤドリーが来た時点で、気づくべきだった。

大家さんが苦情を言いに来たら、私はぺこぺこと頭を下げながら、こう言うつもりだ。契約書には、「犬猫類、鳥」とありますが、ウサギについてはひとことも書いてありませんので……。

「ごんなごがうぢにきれくれるなんれ……」

ふと見ると、トトコは仔ウサギを胸に抱き、泣いていた。**号泣であった。**

「おいおい、マンガだなあ」

顔を拭いてやっても、涙も鼻水もなかなか止まりそうになかった。

突然降り注いだ雨に、仔ウサギは驚いて目をぱちくりとさせていた。

（対訳）「こんな子がうちに来てくれるなんて」

あとがき

「将来はホームレスになって、ブルーシートで暮らすことになる」

妻が突然そう言い始めたら、夫はどうすればいいのだろうか。

本書は、二〇〇七年にうつ病を発症し、数年に渡り闘病生活を続けた妻と、それを支え、あるいは振り回された家族の、およそ三年間の記録である。

二〇〇七年といえば、『ツレがうつになりまして』（細川貂々著、幻冬舎）がベストセラーとなり、うつ病が「ブレイク」した時期でもあろうかと思う。あの本が登場するまでは、うつ病などはまだまだマイナーで、暗く恥ずかしい世間様から隠すべき病であった気がする。

その後、多くの有名人が、うつをはじめ、様々な精神疾患を患っていることをカミングアウトするようになった。妻はよく有名人を引き合いに出し「あの人たちは勝ち組でいいよ、もう人生の心配なんてない人なんだから。それに比べてあたしは……」と繰り返すので、私は事あるごとに「お金があったって、スポットライトを浴びてたって、その人が本当に幸福かどうかはわからないよ」と、病を抱える有名人たちの話をした。私はある時期、こういった有名人を調べてリストアップばかりしていたので、まるで「問題を抱える有名人マニア」のようだった。

あれから数年、うつ病を取り巻く社会状況もいろいろと変化した。今では組織的に社員のメンタル面に対処する企業も出てくる一方、「新型うつ病」などというものも現れた。また薬物療法偏重による弊害や、うつ病診断を逆手にとって解雇を免れる、などという人も出てきているという。うつ病は新たなステージに進んだのだろう。

「戦前」「戦後」という我が国独特の歴史的境界線があるように、日本社会は「震災以前・以後」という文脈で語られる事が多くなった。そして3・11を境に、メンタル系の病で苦しむようになった人たちは、さらに増えたのではないかと思う。

日本の政治、社会状況は今や深海のように視界不良で、我々の不安はいや増すばかりだ。その不安は、一方では精神疾患という形で、また一方では、ネットやマスコミにあふれる憎悪や嘲笑という形で表出しているように思える。日本はこれからどこへ向かっていくのだろうか。

最後にひとつお伝えしておきたい。私はうつ病に関して様々な本を読みあさったが、その中でも『うつ病をなおす』（野村総一郎著、講談社現代新書）は大変参考になった。著者の野村先生の講演にも出かけていろいろなお話を伺ったが、暗中模索の「うつ病家族初心者」だった当時は、暗い波間に燈台の灯を見る思いがしたものである。

さらにうつ病家族に関していろいろと調べる中、インターネットで、うつ病患者に対し家族がどう振る舞えばいいかを記したマニュアルを販売している、うつ病家族サポート・サイトの存在を知った。料金を払えばそのマニュアルをＰＤＦの形でダウンロードできる。また購入者にはその後の相談や家族同士のＳＮＳ交流など、サポートも用意されている。

うつ病患者でなく、その家族向けのマニュアルというのは、当時はほかに見当たらなかった。高額だったので信用がおけるかどうか迷ったが、結果的にはいろいろと役に立った。ご興味のある方はネット検索していただければ、すぐ見つかるかと思う。

トトコはもう以前のような事は言わなくなった。

「『こうじゃないとダメだ、こうじゃないと幸せになれない』という考えに、当時は強迫観念的にとらわれていたと思う」トトコは昔の自分をそう振り返った。

「幸福には尺度もなければ、条件もないの。そう思うと楽になったのよね」トトコは対岸を眺めるような目で、そんなことを言った。そして「過去を清算する」と称し、うつ病関係の薬を全部処分した。きっとこれは彼女にとって禊《みそぎ》のようなものだったのだろう。だが今、イライラし、「あれもしなきゃ、これもしなきゃ」と目を吊り上げている。寝不足で体も重く、見ていて辛そうだ。

しかし、うつ病が再発したわけではない。トトコは昨年出産した。一児の母になったのである。

二〇一三年　七月

早川いくを

ウツ妻さん

2013年10月25日　第1版第1刷発行

著者　早川いくを

発行所　株式会社亜紀書房
郵便番号 101-0051
東京都千代田区神田神保町 1-32
電話 03-5280-0261
http://www.akishobo.com
振替 00100-9-144037

印刷　株式会社トライ
http://www.try-sky.com

ISBN978-4- 7505-1324 -9 C0095